Dank an meine Frau Renate für Unterstützung und Ermutigung,
Dank an meine Tochter Sabine Amara für ihre vielseitige technische Hilfe,
Dank an Frau Hannelore Schlösser für eine hilfreiche exzellente ‚Deutsch-Stunde'.

Peter Wiedwald

Die Einhörner der Göttin Inanna

Eine märchenhafte Erzählung für Jung und Alt

Bibliografische Information der Deutschen Nationalbibliothek:
Die Deutsche Nationalbibliothek verzeichnet diese Publikation
in der Deutschen Nationalbibliografie. Detaillierte bibliografische
Daten sind im Internet über dnb.dnb.de abrufbar.

TWENTYSIX - Der Self-Publishing-Verlag
Eine Kooperation zwischen der Verlagsgruppe Random House und
BoD - Books on Demand

© 2016 Peter Otte, Allensbach

Herstellung und Verlag
BoD - Books on Demand, Norderstedt

ISBN: 978-3-740730871

Inhaltsübersicht

Seite	7	Atab
Seite	20	Das denkwürdige Gespräch
Seite	28	Heda
Seite	36	Enanepada
Seite	48	Tanzen
Seite	56	Aruru
Seite	62	En-Gal und Nabu
Seite	72	Tasadum
Seite	83	Nabu
Seite	91	Nabus und Nammajas Reise nach Lagash
Seite	104	Nabus Verantwortung für die Einhörner
Seite	122	Tasadum im geheimen Gebirgstal
Seite	126	Urlungals Schicksal
Seite	147	Das fremde Einhornpferd11
Seite	152	Mes-Pada
Seite	155	Ereshkil
Seite	164	Unruhe im Gebirgstal
Seite	168	Tasadums Rede
Seite	172	Nammaja
Seite	179	Namen der Einhörner und Pferde
Seite	180	Namen und Begriffe, im Internet nachzuschlagen

Atab

Die Herde galoppierte durch das hohe Gras, streckenweise durch halbhohes Schilf, das war mühsam, auch weil der Boden durchgeweicht war. Das Wasser, das ihnen bis über die Fesseln stand, schäumte unter den heftigen Tritten und spritzte an ihnen hoch. Die Pferde waren schon einen halben Tag lang so gelaufen, Sie legten nur hin und wieder Pausen ein, weil sich ihre beiden Leittiere orientieren mussten, und um ein wenig wieder zu Kräften zu kommen. Sie strebten der Anhöhe zu, wo kein Wasser stehen würde. Sie erreichten sie am Nachmittag. Auch hier sanken sie mit den Hufen in den vom tagelangen Regen aufgeweichten Boden, aber hier konnte das Oberflächenwasser noch wegfließen. Sie konnten grasen und den ersten Teil der Nacht verbringen. Ihre Erregung wegen des ungewohnt schnellen und hohen Anstiegs des Wassers legte sich langsam.

Buanun und Ashnan hatten ihre Herde aus der Niederung hierher geführt, weil der Fluss, an dessen Ufer sie ihre Wiesen und ihre Wasserstellen hatten, über die Ränder getreten war und bei dem langen Regen ihr Revier überschwemmt hatte. Es war die Ebene an einem Nebenfluss des Tigris, wo sie bisher gewesen waren und die sie nun verlassen mussten. Buanun, der Hengst, hatte eigentlich ein ruhiges Wesen, er ließ sich gerne Zeit bis er zu einem sicheren Entschluss kam, nun beim Aufbruch war er erleichtert, dass Ashnan an seiner Seite war. Sie war eine willensstarke Stute, eher spontan und impulsiv. Wie Buanun war sie als Leittier anerkannt. Sie waren sich einig geworden, dass sie die Flussregion verlassen mussten, und zwar schnell, weil das Wasser, so schnell wie nie zuvor, immer höher angestiegen war.

Ihnen beiden war klar, dass sie auch hier, auf dieser Anhöhe, nur vorübergehend und kurz bleiben konnten, es war jetzt zu nass geworden, auch hier. In Mulden hatten sich große Lachen gebildet, die begannen, die noch wasserfreien Flächen zu überstauen. Und wenn sie zurückschauten, sahen sie, dass die Ebene, aus der sie ihre Herde hierher geführt hatten, zu einem großen Meer geworden war. Früh am nächsten Morgen zogen sie mit der Herde weiter in die Höhe, im Schritt. Es regnete weiter. Nach langem Marsch kamen sie bei den Bergen an, wo die Hänge etwas steiler waren. Bäume gab es hier in dem weiten Wiesengelände und Felswände, als Schutz für die Fohlen vor Stürmen. Zwei ihrer Fohlen hatten die Anstrengungen des Weges nicht überstanden, die hatte die Herde unterwegs zurücklassen müssen. Aber hier war die Herde vor der Überschwemmung in Sicherheit, vor der ‚Großen Flut'*, hier am Fuße der Hänge des Zagrosgebirges.

Und eines Tages begann der Regen etwas nachzulassen, die Wolkendecke wurde ein wenig heller, und es wurde wärmer, die Pferde begannen zu dampfen. Als es dann aufhörte zu regnen, trabten Buanun und Ashnan auf eine Hügelkuppe. Fünf Pinien standen dort. Die beiden Pferde sahen sich um, und sie blickten hinab auf das weite Meer der Überschwemmung, dorthin, wo früher Land gewesen war, wo sie hergekommen waren. Sie standen beieinander: Buanun, ein stattlicher Hengst, hellgrau gefärbt, noch schwarz die Beine – er würde später ein Schimmel werden – stampfte mit einem Vorderhuf und wieherte aus Freude und voll Stolz. Die Stute Ashnan, nur wenig älter als er, sah etwas fremdartig aus, mit einer charaktervollen Ausstrahlung. Sie hatte von einem der Großeltern Blut in den Adern von einem ehemals zugewanderten fernöstlichen Großesel. Sie forderte in der Herde trotz ihres jungen Alters Respekt und Ehrfurcht ein.

* Die Sintflut

So standen sie beieinander, eine Weile. Ashnans Nähe erregte ihn in diesem Moment. Er hatte sich ihr bisher noch nicht genähert, sie waren eben Partner als Leittiere, bisher. Nun, wo sie beieinander standen, erlöst und entspannt nach der Verantwortung für die mühselige Wanderung ihrer Herde und nach Ende des so lang andauernden Regens, kam etwas anderes zwischen sie. Ashnan trat zögerlich nahe an ihn heran und bot ihm dann zum ersten mal das Spiel an ‚Komm hinten an mich'. In diesem Moment öffnete sich am Himmel eine Wolkenlücke, und ein lichter Sonnenstrahl fiel auf die beiden in ihrem erregten Liebesspiel, das seinen Lauf nahm. Nachdem er abgestiegen war und sich beide geschüttelt hatten, blieben sie noch beieinander stehen, dann kraulten sie sich mit den Zähnen gegenseitig die Mähnen.

Die Sonnenstrahlen aus der Wolkenlücke lagen noch auf ihnen, da hörten sie eine Stimme. Eine große Gestalt mit ausgebreiteten Flügeln stand vor ihnen, hell schimmernd, jedoch so, dass sie fast durch sie hindurchsehen konnten. Mit einer Stimme, die von überall her zu kommen schien, begann die Gestalt zu ihnen zu sprechen :

„Ich, Göttin Inanna, habe euch etwas zu sagen: Das Fohlen, das ihr als Vater und Mutter bekommen werdet, wird etwas anders aussehen als die anderen Fohlen eurer Herde, ihm wird ein Horn auf der Stirn wachsen, es wird ein Hengstchen sein. Und wenn er später selbst Vater und noch später Ahn wird, werden einige seiner Nachkommen, ebenso wie er, ein Horn bekommen, Hengste und Stuten, und das für alle Zeiten, und…."

Die Stimme war noch länger zu hören, aber mehr erfassten die beiden Pferde nicht. Buanun hatte auch bisher nur die Worte ‚Fohlen' und ‚Mutter' und ‚Horn' verstanden, Ashnan dagegen hatte doch noch mehr mitbekommen. Und was ‚Vater' bedeutete, und den Zusammenhang mit dem eben erlebten Liebesspiel, das würde sie ihm dann noch erklären.

Die halbdurchsichtige Göttin Inanna war, unvermittelt wie sie erschienen war, wieder verschwunden. Die beiden Pferde waren zunächst etwas verwirrt, sahen sich erstaunt an und trabten dann zu ihrer Herde zurück.

Das Hügelland, das sie auf der Flucht vor der Überschwemmung erreicht hatten, gefiel den Tieren. Es gab reichlich Wiesenflächen weit und breit, es gab Schutz bietende Felswände und es gab auch Wälder, teils lockeren teils auch dichten Wald, auch einzeln stehende Bäume und Büsche wie Oliven und Wacholder, in den Wäldern gab es Eichen, Akazien, auch Pinien.

Besonders freuten sich die Pferde über die Apfelbäume, denn es war Sommer, und Pferde mögen Äpfel, ganz besonders wenn sie schön reif sind. Aber zum Reifen benötigen Äpfel Sonnenschein ! Endlich und gerade rechtzeitig hatte der Regen aufgehört und der Himmel wurde hell und die Sonne tat, was für die Äpfel gut und für die Pferde erlösend und schön war: Es wurde warm und das Gelände trocknete ab.

Ashnan ging das Erscheinen der sprechenden Gestalt nicht aus dem Kopf. Die Gestalt hatte einiges gesagt, was sie verstehen konnte, aber vieles war auch für sie unverständlich geblieben. Auch waren es nicht eigentlich die gesprochenen Worte der Gestalt gewesen, die Ashnan verstanden hatte, sie hatte es auf andere Weise verstanden, aber wie nur ? Warum konnte sie überhaupt so viel verstehen wie ‚Vater', ‚Mutter', ‚Fohlen', ‚Horn wachsen', ‚Göttin' ? Die Pferde konnten sich in ihrer Herde sehr wohl untereinander verständlich machten, sie taten es einfach, einfach so, ohne zu wissen, wie sie es taten. Es gab so vieles, was sie sich signalisierten: Ashnan selbst konnte andere zu etwas auf fordern, sie konnte ausdrücken: „lass das!" oder „geh fort" oder „komm her" oder zu ihrem Fohlen: „steh auf"! Es musste aber offenbar wohl mehr geben, was man sich mitteilen konnte und wohl auch auf andere Weise, als sie es bisher taten. Aber wie ? Sie wollte es einfach probieren. Das Sprechen mit Worten, wie die Göttin es getan hatte, das würde Pferden nicht möglich sein, aber die einfachen Dinge hatte die Gestalt offenbar auf eine Weise ausgedrückt, die Ashnan als Pferd verstehen konnte. Und diese Weise konnte sie ja erst einmal für sich erkunden und bei anderen ausprobieren.

Sie mochte die Stute Mesili, die schon länger trächtig war. Ashnan wollte ihr erklären, dass sie selbst auch gerade ein Fohlen erwartete. Sie führte Mesili zu einem Fohlen und stupste mit der Nase zuerst an Mesilis rundlichen Bauch und stupste dann das Fohlen, und das mehrmals, erst Mesilis Bauch, dann das Fohlen, um Mesili zunächst klarzumachen, dass das in Mesilis Bauch ein Fohlen werden würde. Den Zusammenhang zwischen dem dicken Bauch und der folgenden Fohlengeburt hatte sie bei anderen Stuten beobachtet, aber sie war bisher die Einzige, die diesen Zusammenhang durchschaute. Nach einiger Zeit hatte Mesili das jedenfalls verstanden. Nun wollte Ashnan ihrer Freundin noch mitteilen, dass sie selbst auch ein Fohlen erwartete. Sie ging dazu ganz dicht neben Mesili und lehnte ihren eigenen Bauch gegen den ihrer Freundin und blieb so eine Weile bei ihr stehen, bis beide wieder anfingen zu grasen. Am nächsten Tag kam Mesili auf Ashnan zu, stupste mit ihrer Nase an ein nahe stehendes Fohlen und dann an Ashnans Bauch und sah Ashnan fragend an. Ashnan nickte und kraulte dann Mesilis Mähne. Dies war der Anfang von Ashnans Bemühung, sich anderen Pferden mitzuteilen. Enlil selbst war es, auch er ein Gott wie Inanna, der Ashnan und auch Buanun auf Bitte von Inanna dabei half, eine Sprache zu finden und zu lernen. Auch den Menschen hatte er schon die Sprache beigebracht. Er ermunterte die beiden Pferde – ohne dass sie es merkten – und gab ihnen unbemerkt Hinweise, sich über ihr Leben in der Herde und über ihre Umgebung Gedanken zu machen, sich örtlich und zeitlich zu orientieren, und sich in dieser neuen Gedankenwelt auszudrücken. Aber lernen mussten die beiden Pferde, besonders Ashnan, es selbst.

So probierte Ashnan noch manches aus. Dabei machte sie, um sich mitzuteilen, eigentlich die gewohnten Gesten der Pferde: Kopf anheben, mit dem Kopf nicken, schnauben, Hals zurücknehmen, Fuß vorsetzen, aufstampfen, mit dem Schweif wedeln oder schlagen, es gab zahlreiche Ausdrucksmöglichkeiten, die sie bisher schon immer benutzt hatte, aber jetzt auch zahlreiche neue. ‚Sprache' nannte sie das jetzt für sich. Mit der erweiterten Sprache und der klareren Orientierung kamen dann neue Begriffe und Ausdrücke: ‚später', ‚morgen', ‚Umgebung', ‚weit', ‚oben', und so vieles mehr. Buanun machte bei ihren Bemühungen mit, aber eher etwas lustlos. „Du und deine Spracherei", sagte er dann manchmal etwas unwillig, und zeigte mit dieser Bemerkung doch gleich, wie gut er sich mittlerweile ausdrücken konnte. Er war hierbei ihr bester Partner. Von den anderen Pferden beteiligten sich nur wenige an diesen Übungen.

Buanun und Ashnan konnten sich jetzt so gut verständigen, dass sie Wichtiges vereinbaren konnten: So beschlossen sie, hier im Hügelland zu bleiben und ihre Herde nicht wieder in die Niederung zurück zu führen, sollte die Flut sich je wieder zurückziehen. Die Flut zog sich zurück, mit den Wochen. Wenn Buanun von seinem Hügel mit den fünf Pinien nach unten in die Ferne schaute, bemerkte er, wie unten in der Niederung einige Hügel wieder aus dem Wasser in der Ebene herausragten und wie später auch langsam immer mehr Land wieder erschien. Aber ohne Wehmut sah er das und freute sich zugleich über die neu gefundene Heimat.

Es kam der Tag, an dem Ashnan ihr Fohlen bekam. Es war – wie angekündigt – ein kleiner Hengst, und was sofort auffiel: Es hatte den Stummel eines Horns auf der Stirn. Es war kräftig und schien seiner Mutter ähnlicher zu werden als seinem Vater, von dem Eselsahn hatte er etwas lange Ohren, sein Körper war etwas gedrungen seine Schweifhaare begannen erst zwei Huflängen hinter der Schwanzwurzel, insgesamt war er aber eine übermütige, überaus reizvolle Erscheinung, voller Lebhaftigkeit. Sie nannten ihn Atab.

„Siehst du", sagte Ashnan zu Buanun, „Atab ist dein Sohn und du bist sein Vater".

Er sah sie fragend und verständnislos an.

„Ja, damals", sagte sie, „damals, auf dem Hügel mit den fünf Pinien, als vor uns die schimmernde Gestalt erschien und du vorher von hinten an mich gekommen warst, das, was du damals in mich hineingetan hast, daraus ist seither dieses Fohlen geworden, das wir Atab nennen."

Nach einer Weile machte er: „Stimmt das so?"

Sie sagte nur: „Das stimmt so. Und so bist du sein Vater und er ist dein Sohn, so wie er auch mein Sohn ist."

Atab wuchs mit den anderen Fohlen der Herde auf. Wenn es ihnen langweilig wurde, tobten die Fohlen auf den Wiesen oder spielten im Wald zwischen den Eichen und Akazien, oder versteckten sich in den Wacholdergebüschen und hinter den Olivenbäumen. Mit der Zeit merkten die anderen Fohlen, dass Atab ein Horn hatte, er als einziger, und dieses wurde mit der Zeit länger. Sie begannen, in ihm etwas Besonderes zu sehen, ohne das gemeinsame Spielen zu lassen. Atab merkte auch, dass er da etwas Besonderes am Kopf hatte, und er merkte auch, dass er manchmal den anderen etwas mitteilen wollte, auf die Weise, wie er seiner Mutter etwas mitteilen konnte, aber das verstanden die anderen kaum oder gar nicht. Er merkte es, aber das hatte jetzt keine Bedeutung. Das gemeinsame Spielen war ihm wichtiger.

Es war nicht ungefährlich, im Wald und nahe am Wald zu spielen. Hier hielten sich Raubtiere auf, Wölfe, Löwen, Leoparden. Sie jagten Ziegen, Antilopen, Schafe, und auch Pferde. Und auch Menschen jagten hier, um sich mit Fleisch zu versorgen, sie jagten und verzehrten auch Pferde. Buanun und Ashnan führten ihre Herde daher in Gegenden weiter entfernt von den menschlichen Siedlungen, sodass sie den Menschen nur selten begegneten. Aber die Raubtiere gab es hier überall. Gegen die konnten die Pferde sich nur dadurch schützen, dass sie in der Herde nahe beieinander blieben, die Räuber früh bemerkten, und beim Angriff der Raubtiere davonrannten, so schnell sie konnten.

Eines Tages bemerkte Ashnan, wie sich einige Löwen aus dem Gebüsch an die spielenden Fohlen heranschlichen. Sie stieß ein Alarmschnauben aus, gab den Fohlen das Signal, sofort zur Herde zu kommen, überwachte noch kurz, dass die Pferde, die großen und die Fohlen, bereit zur Flucht waren, und stürmte dann mit der Herde davon, jedes so schnell wie es konnte. Erst in sicherem Abstand vergewisserte Ashnan sich, dass ihr Atab noch bei der Herde war. Aber eins der Fohlen hatte es nicht geschafft. Seine Mutterstute, Eses hieß sie, musste, nachdem die anderen Fohlen ihre Mütter wiedergefunden hatten, nach langem Suchen begreifen, dass ihres nicht mehr dabei war und von den Löwen gefangen worden war. Einige der Stuten trauerten mit Eses. Noch unruhig, begannen dann alle – zwischendurch vorsichtig um sich schauend – zu grasen. Eses würde erst im nächsten Jahr wieder ein Fohlen haben.

Atab war erwachsen geworden, ein noch junger Hengst in seiner Herde. Das Horn auf seiner Stirn war lang geworden, länger als sein Kopf von der Nasenspitze bis zu den Ohren, fast so lang wie sein Hals. Das Horn störte ihn nicht, aber genützt hatte es ihm bisher auch nicht, außer dass er damit etwas Besonderes und immer gut zu erkennen war.

Anders als viele andere junge Hengste war er in der Herde geblieben. Sein Vater Buanun, der Leithengst der Herde, duldete ihn, Ashnan hatte ihn darum gebeten, denn Atab war zwar sehr stark, aber nicht aufrührerisch. Er war eher sanft in seinem Wesen und seinem Vater gegenüber respektvoll und zurückhaltend. Er durfte sogar für sich eine eigene kleine Herde mit drei jungen Stuten und mittlerweile auch mit einem

Fohlen, einem Sohn von ihm, halten.

Er liebte den Hügel mit den fünf Pinien und schaute von dort weit in die Ebene hinunter; hier war er gerne für kurze Momente alleine. Jetzt stand plötzlich vor ihm eine große schimmernde Gestalt auf zwei Beinen, fast durchsichtig, und zu ihr traten, an die Seiten, zwei weitere Gestalten, auch fast durchsichtig, alle drei hatten Flügel an den Schultern. Die mittlere der Gestalten fing an zu sprechen und hatte dabei eine Stimme, die gleichzeitig von nah und von fern zu kommen schien:

„Ich bin die Göttin Inanna. Hör mir zu ! Ich bin nicht hier zu Hause, nicht in Euren Bergen und nicht in der Ebene dort unten, ich lebe nicht bei den Bäumen im Wald und bei den Tieren, auch nicht bei den Menschen, obwohl ich ähnlich wie sie aussehe. Als Göttin bin ich im Himmel zu Hause."

Atab erstarrte vor Ehrfurcht.

„Du sollst wissen", fuhr sie fort, „dass ich – zusammen mit anderen Göttern – alles geschaffen habe, was du siehst, wo du lebst: die Bäume und die Wiesen und die Tiere. Auch euch Pferde habe ich geschaffen, und so auch dich, als erstes und bisher einziges Pferd mit einem Horn. Vor Buanun und Ashnan, deine Eltern, bin ich ja früher bereits getreten. Du sollst es wissen, dass ihr durch mich seid. Und alle deine zukünftigen Fohlenkinder und auch Fohlenenkel, sofern sie ein Horn tragen werden wie du, sollen es wissen."

Atab schaute zu ihr auf, weil sie zuletzt noch größer geworden war, und neigte dann wieder den Kopf.

Sie fuhr fort: „Die beiden Genien an meiner Seite sollen in Zukunft Acht auf dich geben. Und auch ich will, soweit es geht, dich und deine gehörnten Nachkommen behüten. Daran und an mich, die Göttin, sollst du denken.

Übrigens: Es gibt auch noch andere Götter bei mir im Himmel. Gelegentlich werde ich einen oder eine von ihnen zu dir oder zu einem deiner Nachkommen schicken, so wie ich schon Enlil gebeten hatte, deinen Eltern beim Sprechenlernen zu helfen. Nun leb' wohl und vergiss nichts von dem, was ich dir gesagt habe!"

So hatte die beinahe durchsichtige Göttin Inanna gesprochen und war dann mit ihren ebenfalls fast durchsichtigen Begleitern wieder verschwunden. Etwas benommen trabte Atab von dem Hügel mit den fünf Pinien hinab zu der Herde und zu Ashnan, und ihr vertraute er an, was er eben erlebt hatte.

„Ja", meinte Ashnan, „ich habe über diese Erscheinung schon oft nachgedacht. Eine Göttin? Inanna? Und sie sagte dass sie uns geschaffen hat? Dann muss sie sehr mächtig sein. Es könnte wahr sein, denn dass sie uns, Buanun und mir, weissagte, dir würde ein Horn wachsen, das ist ja eingetroffen."

Atab grübelte weiter: „Götter? Inanna, die die Welt und auch uns geschaffen hat, Enlil, der Mutter Ashnan geholfen hat, die Einhornsprache zu erdenken? Genien, die uns beschützen sollen? Das ist so überwältigend neu und schwer zu begreifen. Und wohl doch wahr, denn ich habe sie ja gesehen, wenn auch nur kurz und nur halb durchsichtig, und die Göttin Inanna hat mit mir gesprochen. Ich muss weiter darüber nachdenken."

Atab war erwachsen geworden. Er wurde mit seinen Stuten nach wie vor von seinem Vater Buanun bei dessen Herde geduldet. Seine eigene Herde war größer geworden, durch zugelaufene fremde Stuten und Stuten aus Buanuns Herde. Von seinen Nachkommen hatten fünf der Fohlen Hörner bekommen: es waren die Jungstuten En-Sapa, Alula und En-Ana und die beiden Junghengste Tizgar und Ur-Nanse.

Buanun und Ashnan kamen oft aus ihrer Herde herüber, freuten sich über die jungen Eingehörnten und unterstützten Atab dabei, ihnen die Verständigung nach Ashnans Art beizubringen. Diese Art der Verständigung hieß jetzt ‚Ashnans Sprache'. So erfuhren Atabs Kinder auch von dessen Begegnung mit Inanna und den Genien und der Begegnung seiner Eltern mit den göttlichen Wesen. Von den anderen Pferden, älteren und jüngeren, nahmen an dieser Art Unterweisung nur wenige und nur gelegentlich teil, schauten sich aber doch im Laufe der Zeit dieses und jenes von den Einhörnern ab und lernten einiges von ihrer Sprache.

Atabs fünf direkte gehörnte Nachkommen wurden zu Stammtieren von fünf Herden. Auch nach mehr als hundert Jahren gab es noch diese fünf Herden, die sich auf die Zagrosvorberge verteilten. In diesen fünf Herden gab es etliche Einhörner und Einhörninnen. Diese waren meist aufmerksamer gegenüber ihrer Umgebung als die ungehörnten Pferde, sie konnten sich miteinander in Ashnans Sprache verständigen, und manche waren einfallsreicher, fantasievoller. Und noch etwas war anders als bei den ungehörnten Pferden: die Gedanken um Inanna und andere Götter, die sich gelegentlich gezeigt hatten, sowie die Geschichten um die Götter, die von Generation zu Generation weiter erzählt wurden. Meist sprachen sie nur mit Scheu und Zurückhaltung von Göttern, denn oft, wenn diese in schlimmen, gefährlichen Momenten geholfen hatten, waren sie unsichtbar geblieben, ihre Hilfe war dann aber zu spüren gewesen oder zu ahnen. Die Einhörner lebten aber weiterhin mit all ihren Eigenheiten als Pferde in ihren Herden. Häufig ergab es sich in späteren Generationen, dass Einhörner Leittiere ihrer jeweiligen Pferdeherde wurden.

Das denkwürdige Gespräch

Es kam die Zeit, in der die Menschen begonnen hatten, Pferde einzufangen, nicht mehr um ihr Fleisch zu verzehren, sondern um sie als Nutztiere zu halten. Einigen Menschen nahe der Städte wie Nippur, Lagash und Susa war es gelungen, Pferde so zahm zu halten, dass sie sich auf das Tier setzten konnten, um auf ihm zu reiten. Die fünf Herden der Nachkommen von Atab – sie waren nach mehr als hundert Jahren groß geworden – waren aber in den Randgebieten des Zagrosgebirges geblieben, also fern dieser Städte. Da die einzelnen Herden nicht weit von einander lebten, gab es auch Vermischungen der Teilherden.

Einhorn Arpu-Rim war Leithengst der Teilherde En-Ana. Seine große Liebe war Pu-Abi, die er nach heftigem Kampf aus der Herde der Familie Tizgar errungen hatte. Seither gab es gelegentlich Spannungen zwischen den Herden En-Ana und Tizgar.

Pu-Abi war Leitstute an Arpu-Rims Seite geworden, sie war kein Einhorn, stammte auch nicht von Atab ab, hatte aber, ähnlich wie seinerzeit Ashnan, ein wenig Blut von einem fernöstlichen Großesel, was sie für Arpu-Rim besonders reizvoll machte. Immer wieder geschah es, dass ein solcher Eselhengst auftauchte, und ganz selten gab es so auch Nachwuchs von ihm.

Pu-Abi lernte sehr schnell ‚Ashnans Sprache', zu der den Einhörnern der göttliche Enlil verholfen hatte, und nahm viel vom aufmerksamen Wesen der Einhörner an und gab es an die gemeinsamen Fohlenkinder von Arpu-Rim weiter. Auch was es mit den Göttererscheinungen der Vorfahren auf sich hatte, hatte sie mittlerweile erfahren und teilte es ihrem Nachwuchs mit.

Arpu-Rim liebte den Hügel mit den fünf Pinien. Dort stand er einige Momente und schaute in die tiefer liegende, weite Landschaft hinunter und auf seine Herde, die um den Hügel herum graste. Simudar, sein dritter Sohn von Pu-Abi, trat zu ihm.

„Ich sehe dich oft hier stehen", sagte er.

Arpu-Rim sah ihn an:

„Ich schaue gerne hinunter in die Weite und freue mich, wie groß alles ist und wie schön die Ebene dort unten mit den Baumgruppen darin liegt. Sieh einmal die dunklen Flecken dort auf der Landschaft, ich denke, das sind Schatten von Wolken vor der Sonne. Und schau wie diese dunklen Flecken wandern, so wie auch die Wolken wandern."

„Ich mag an diesem Hügel besonders die fünf großen Bäume, die man schon von weitem sieht, und deren Kronen zusammen eine Art Schirm bilden", sagte Simudar. Ich will aber noch etwas anderes sagen: „Ich sehe mir manchmal von hier aus die Eingehörnten unserer Herde an und finde, dass sie schöner sind als die anderen Pferde, und edler. Ich schäme mich manchmal, so etwas zu denken, weil ich ja selbst ein Einhorn bin. Ich bin wohl ein wenig eingebildet und habe auch zu niemandem so etwas gesagt; Du Vater Arpu, bist der Erste."

Nach kurzem Sinnen sagte Arpu-Rim: „Denken kann man so etwas schon mal, aber sagen besser nicht, eigentlich überhaupt nicht. Schau, deine Mutter, die ich über alles liebe, ist nicht gehörnt und doch ist sie für mich die Schönste. Aber ich stimme dir zu: die Pferde, die ein Horn tragen, haben einen besonderen Reiz, aber hüten wir uns vor Eitelkeit! Ich frage mich zuweilen, wozu wir diese Hörner bekommen haben. Gebrauchen kann man sie nicht, sie sind zu nichts gut, sie sind sogar unpraktisch, weil man sich damit immer vorsehen muss, dass man keinen ungewollt verletzt. Um damit zu kämpfen, ist das Horn auch zu dünn und außerdem kann es vom Kopf abbrechen, und das ist schmerzhaft; und außerdem ist das schöne Teil dann eben fort."

„Ja, mir fällt auch auf, dass wir, Einhörner und Einhörninnen, viel mehr und über andere Dinge reden als die Pferde, die ohne Horn, außer meiner Mutter Pu-Abi, die Ashnans Sprache auch kennt. Die Pferde denken nur an Fressen, an ihre Angst vor wilden Tieren und nur ganz selten an Geselligkeit. Nur die Fohlenmütter denken darüber hinaus an ihre Fohlen, jedenfalls so lange diese noch klein sind", sagte Simudar.

Arpu-Rim antwortete: „Ich meine, das siehst Du doch etwas zu einseitig. Auch die Ungehörnten spielen miteinander, sie haben Freundschaften, und, so wie ich beobachtet habe, können sie sich über vieles freuen, sie können traurig sein oder auch zornig. Um mit dem Leben klar zu kommen folgen sie ihren Instinkten. Das sind Sachen, die wir genau so tun, über die allerdings nicht viele Worte zu verlieren sind."

Arpu-Rim fuhr fort: „Ich frage mich manchmal, ob die große Göttin Inanna etwas mit uns beabsichtigt hat, als sie damals, vor langer, langer Zeit unseren Ahnen Buanun und Ashnan geweissagt hat, sie würden einen Gehörnten als Sohn bekommen, und als sie Atab zugesagt hat, sie würde ihn und seine gehörnten Nachkom-men schützen. Ich denke oft darüber nach. Inanna war auch nicht die einzige Göttliche, die sich unseren Vorfahren gezeigt hat. Auch Enlil ist ja ein Gott, er hat uns über Ashnan das Sprechen gebracht, auch Enki, der Wassergott, hat uns in Dürrezeiten geholfen und versiegte Quellen zum Sprudeln gebracht.

Ich merke, dass du, genauso wie ich, Sachen schön findest, die andere, die Ungehörnten, nicht beachten. Wir wollen uns einmal abends, wenn es dunkel wird, hier treffen. Aber lass uns jetzt zur Herde zurückkehren."

Zwei Tage später waren sie abends bei später Dämmerung wieder auf dem Hügel beisammen. Die Ebene unter ihnen lag im Halbdunkel, aber die niedrigeren Hügelketten konnte man noch unterscheiden, und die Baumgruppen und Baumreihen hoben sich schwarz gegen die Grasflächen ab. Darüber, im Westen, schimmerte noch das Nachlicht der untergegangenen Sonne. Etwas höher am Himmel stand der zunehmende Mond noch etwas blass.

„Mein Sohn, du kennst den Gang der Sonne?", fragte Arpu-Rim.

„Ja, Vater Arpu, dort, gegenüber dem Platz, wo die Sonne vorhin unterging, geht sie morgens immer auf, darum heißt diese Richtung auch Morgen, und dann steigt sie in einem Bogen auf bis Mittag, und dann langsam, dem Bogen folgend, wandert sie abwärts dorthin, wo sie untergeht, und diese Richtung nennen wir Abend. Und ich weiß auch, dass der Bogen im Sommer, wenn es heiß ist, höher reicht als im Winter, wenn es bei uns kalt wird, kalt besonders nachts. Das habe ich beobachtet, und darüber habe ich mit anderen Einhörnern und Einhörninnen gesprochen. Sie wollten davon aber nichts wissen und haben mich auch kaum verstanden.

Aber jetzt ist die Sonne fort, und es wird langsam ganz dunkel."

„Ja, so ist das", sagte der Alte, „es freut mich, dass ihr das herausgefunden habt. Aber habt ihr, oder hast du schon einmal des nachts nach oben an den Himmel geschaut?"

„Ja, dort der Mond, den habe ich schon oft gesehen. Der ist aber nicht immer da, und er steht oft an einer ganz anderen Stelle, und der sieht auch nicht immer gleich aus. Manchmal ist er gebogen und dünn, wie jetzt, und manchmal auch ganz dick und rund und sehr hell, und dann kann man auch nachts ganz gut die Umgebung sehen. Und dann gibt es da so helle Punkte am Himmel, die sieht man aber nur, wenn es ziemlich dunkel ist, schau dort, da leuchtet schon einer!"

Arpu-Rim sagte: „Diese hellen Punkte, Sterne sind das, sie und der Mond wandern während der Nacht vom Morgen zum Abend, wie auch die Sonne am Tag wandert. Der Mond allerdings steht dabei von einer Nacht zur nächsten immer ein Stückchen weiter zum Morgen hin. Nach einigen Tagen verschwindet er dann ganz und kommt erst einige Nächte später wieder in der Richtung Abend hervor, aber nur ganz dünn und gekrümmt. Ihn verstehe ich von allem da oben am wenigsten, und weil er immer wieder ganz wegbleibt, beunruhigt er mich. Andererseits ist es so wundervoll friedlich, wenn er, rund und groß, mit seinem milden Licht das Land beleuchtet. Warte noch ein paar Tage, dann wird er wieder so groß und hell sein, und friedlich. Und doch, bei diesem ständigen Wechsel des Mondes befürchte ich oft Unheil."

„Ja, Vater Arpu, wir kennen deine Neigung zu Besorgnis und zu Beunruhigung", sagte Simudar, „sie schützt unsere Herde vor Gefahren, und du trägst die Verantwortung für uns, zusammen mit Mutter Pu. Aber jetzt, an diesen schönen Abend, warum haben wir beide uns hier getroffen?"

„Du hast recht, mein Simudar, jetzt keine trüben Gedanken! Du hast vorhin von hellen Punkten am Himmel gesprochen, und davon sind jetzt, wo der Mond ganz weit unten ist, in der Dunkelheit ganz viele zu sehen. Schau, einige glänzen blau und andere rötlich, und dann schimmert da noch dieser helle Streifen, der dort von unten nach ganz oben reicht und der, wenn wir uns umdrehen, dort bei den Pinien wieder nach unten geht."*

„Ja, so genau habe ich mir das noch gar nicht angesehen", sagte Simudar, „das mit dem hellen Streifen, das habe ich aber auch schon beobachtet. Der ist aber nicht immer an derselben Stelle, und in vielen Nächten ist er fast überhaupt nicht da."

„Es freut mich, dass ich mit dir über solche Dinge sprechen kann. Ich sehe mir den nächtlichen Himmel häufig an und staune über alle Veränderungen, die sich dort vollziehen, im Laufe einer Nacht und im Lauf eines Jahres. Viele von den hellen Punkten gehören zusammen, wie zu einem Bild, das immer zusammen bleibt, aber diese Bilder verschieben sich, in einer Nacht, aber auch in einem Jahr. Der ganze Himmel verschiebt sich. Und diese Bilder kommen im Frühjahr immer genauso wieder, wie sie im vorangegangenen Frühjahr erschienen waren.

Aber was ich dir heute ganz besonders zeigen wollte, ist eine Gruppe von den hellen Punkten, die eine ganz wunderschöne Figur bilden. Sie ist jetzt im Sommer besonders gut zu sehen, sie steht dort im Mittag, schau dort. Sie sieht aus wie eine Blume, deren weit geöffnete große Blüte sich zum Abend hin öffnet, mit dem rötlichen Leuchtpunkt am Blütenkelch. Und diese Blume hat unten ein Stielende, das nach hinten gekrümmt ist** . Wenn ich diese Figur dort so aufrecht stehen sehe, denke ich immer an meine Pu-Abi, deine Mutter. Als ich sie das erste Mal sah, kam sie mir auchvor wie eine schöne, große Blume. Sie graste dort am Rande der Herde Tizgar, und ich sah ihr lange zu. Am nächsten Tag kam ich wieder dorthin und beobachtete, wie sie auf andere Pferde zuging, um mit ihnen zu spielen oder mit ihnen die Mähnen zu

* die "Milchstraße"   ** Das Sternbild Skorpion

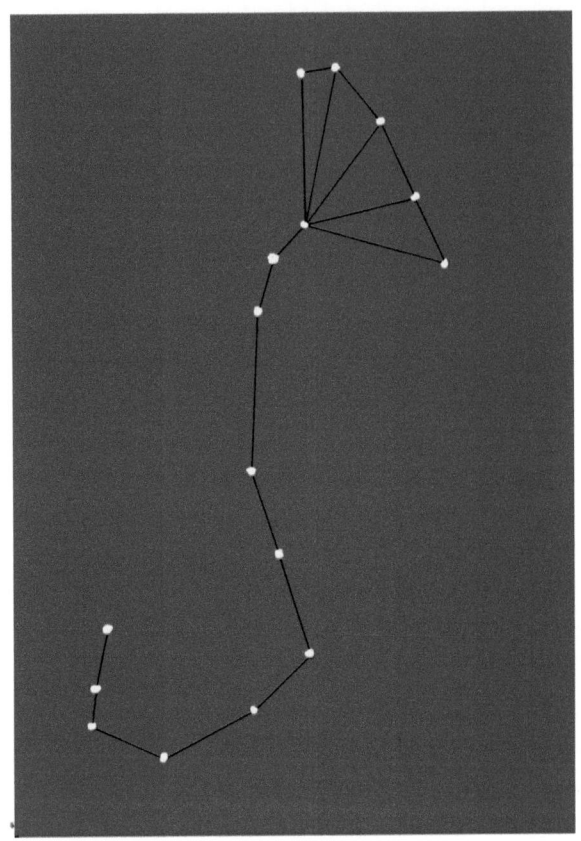

kraulen. Das war so anmutig und gleichzeitig so selbstgewiss! Sie schaute auch manchmal um sich, um zu sehen, ob alles um sie in Ordnung ist, und einmal begegneten sich dabei unsere Blicke. Sie kam fragend zwei Schritte auf mich zu, blieb dann aber stehen und schaute zu mir; Und da wusste ich, ich will sie für mich haben. An jenen Moment denke ich, wenn ich am Nachthimmel diese große Blume dort sehe."

Er schwieg eine Weile bewegt in seiner Erinnerung. Dann sagte er nur: „Komm lass uns gehen."

Einige Abende später trafen Vater und Sohn sich wieder auf

dem Hügel mit den fünf Pinien. „Wir Einhörner können etwas schön finden", sagte Arpu-Rim, „ich glaube, die anderen Pferde haben für Schönes keinen Sinn. Wir empfinden die Schönheit dieses Hügels mit den fünf Pinien, die Schönheit der weiten Landschaft da unten und die des Sternhimmels, die Schönheit von uns Pferden, von denen einige besonders schön anzusehen sind, ja auch die besondere Ausstrahlung, die wir Gehörnten haben."

„Ob die Göttin Inanna uns den Sinn für das Schöne mitgegeben hat, als sie Atab, den Ur-Urahn, angekündigt hat?" fragte Simudar.

„Ich denke, das ist so", sagte Arpu-Rim, „ich glaube, unser Empfinden für das Schöne haben wir *in* unseren Köpfen, und um das zum Ausdruck zu bringen, haben wir *auf* unsere Köpfe diese Hörner gesetzt bekommen. Sie, Inanna, und andere Götter, haben in der Welt so viel Schönes geschaffen, und uns haben sie ausgesucht, all dies zu erkennen."

Simudar sann über diese Gedanken seines Vaters nach: „Kann es sein, dass Inanna und einige andere Götter unsere Wahrnehmung, vielleicht sogar unsere Anerkennung suchen, Anerkennung durch uns für alle Kreaturen, so dass ihre Schöpfungen sozusagen gewürdigt werden, wenigstens durch uns Gehörnte, stellvertretend für alle Kreaturen, von denen die meisten nur so dahinleben?"

„Tja", sagte Arpu-Rim, „wenn es so ist, dann können wir glück lich sein, glücklich, dass wir durch unsere Freude am Schönen in der Welt die Götter erfreuen".

„Vater Arpu, ich glaube, du und ich, wir haben da ein Stück Wahrheit herausgefunden", beschloss Simudar dieses denkwürdige Gespräch.

Heda

Eine der Nachkommen von Arpu-Rim und Pu-Abi war die noch junge Einhörnin Heda, unternehmungslustig und neugierig. Bei einem ihrer kleinen Streifzüge etwas abseits der Herde, in einer Lichtung, mit zwei großen Zedern mitten drin, bemerkte Heda ein Wesen auf zwei Beinen, und bei ihr war ein zweites aber kleines zweibeiniges Wesen. Sie hatte noch nie Menschen gesehen und hatte keine Scheu. Es waren eine

Mutter mit einem kleinen Sohn, der aber sehr still war und den Kopf gesenkt hielt. Da die Menschen Pferde nicht mehr als Jagdbeute erlegten, wagten sich die Herden jetzt näher an menschliche Ansiedlungen heran.

Als Heda sich den beiden näherte, erschrak die Mutter und wollte fortlaufen, aber der Junge blieb bei Heda stehen und sah sie an; da musste die Mutter also in der Nähe bleiben, und sie sah, wie Heda zwar zögerlich, aber doch ganz nahe an den Jungen herantrat.

Heda dachte: „Ich glaube, der tut mir nichts, er ist wohl noch jung, vielleicht spielt er mit mir."

Sie beugte sich zu ihm hinunter und schnupperte vorsichtig an seinem Kopf. Der Junge ließ es sich gefallen, nahm seinen Kopf hoch und schaut das Tier an. Er hatte noch nie eine Pferd und seine Mutter auch noch nie ein Einhorn gesehen. Er war ein schwermütiger Junge, Enbu hieß er, außer essen, trinken und schlafen tat er nichts; zu einer Arbeit war er nicht zu gebrauchen, und Freunde hatte er nicht. Seine Mutter versuchte zuweilen, ihn aus seiner Lethargie, ja, seiner Schwermut zu holen, indem sie mit ihm auf die Wiesen und in den Wald ging, wo er aber auch nur vor sich hin starrte, ohne eigentlich etwas zu sehen. Das Einhorn, das da nun vor ihm stand, war so ziemlich das erste, was er bewusst bemerkte und nun beachtete.

Heda trat einen kleinen Schritt zurück, nahm langsam den Kopf zur Seite und senkte ihn dann so weit, dass sie den Jungen mit ihrem Horn leicht von der Seite am Oberarm berühren konnte; vielleicht machte sie diese Geste als Begrüßung, vielleicht wollte sie so, voll Stolz auf ihr Horn, mit dem sie sich ja von den anderen Pferden unterschied, auf ihr besonderes Merkmal hinweisen. Dann versuchte sie, mit zwei oder drei tänzelnden Schritten ihn zum Spielen anzuregen, so wie sie es als junges Tier mit den anderen Fohlen immer getan hatte, blieb stehen und sah ihn erwartungsvoll an, beschnupperte ihn erneut. Er blieb aber reglos, schaute Heda jedoch bei ihrem Spielangebot unverwandt zu und sah ihr auch hinterher, als sie davontrabte, weil Pu-Abi nach ihr gerufen hatte. Pu-Abi wollte von ihrer Tochter wissen: „Was tust du denn da, das sind doch Menschen, ich mache mir Sorgen, wenn du dich so weit und so lange von der Herde entfernst."

„Ich möchte mit dem Jungen spielen", sagte Heda, „er ist so friedlich und er tut mir bestimmt nichts Böses."

„Ja, aber spiel doch lieber mit den anderen jungen Pferden. Ihr seid immer so vergnügt miteinander, wenn ich mal nach euch schaue", sagte die etwas beunruhigte Pu-Abi.

„Ich spiele ja auch gerne mit den anderen jungen Pferden",sagte Heda, „aber die meisten von denen sind größer und schneller als ich, ich glaube, die wollen mehr unter sich sein, und ich fühle mich manchmal etwas fremd bei denen."

„Aber ich habe dir und dem Jungen zugeschaut, ein richtiger Freund kann er für dich ja auch nicht sein. Ich habe auch nicht den Eindruck, dass er mit dir spielen will, so still wie er ist und so unlebendig, wie er mir vorkommt."

„Doch, Mutter Pu, er will spielen, das spüre ich ganz genau. Das Spielenwollen kann nur nicht aus ihm heraus, es ist versteckt in ihm. Und darum ist er so still und scheu geblieben. Vielleicht glaubt er auch in seinem Inneren, dass er nicht spielen darf. Vielleicht weiß er gar nicht wie spielen geht, und ich könnte es ihm zeigen. Jedenfalls glaube ich, dass er ganz lieb und sanft ist, und ich möchte mich gerne mit ihm etwas anfreunden."

Als Heda zu ihrer Mutter davongelaufen war, dachte Enbu: „Liebes Tier, ein Horn", er dachte es und murmelte es vor sich hin. Seine Mutter verwunderte sich sehr, sie spürte ihr Herz schlagen. Dass ein wild lebendes Pferd so zutraulich wurde, das erstaunte sie sehr, und dass es sich so zart und freundlich mit ihrem Sohn beschäftigt hatte, erregte sie zutiefst, auch weil sie Enbu lange nicht mehr so – wenn auch nur so ganz wenig – aufmerksam erlebt hatte.

Einige Tage später sagte Enbu wieder vor sich hin : „Ein Horn".

Seine Mutter hörte es, und erst jetzt fiel ihr nachträglich

ein, dass das Pferd ein Horn auf der Stirn gehabt hatte. In ihrer Aufregung hatte sie es nicht bewusst wahrgenommen.

„Ja", sagte sie, „es war ein Pferd mit einem Horn auf der Stirn. So etwas habe ich noch nie gesehen." Und dann wurde ihr nachträglich klar, dass der Junge eben von alleine etwas gesagt hatte, was er sonst fast nie tat. Und was er sonst auch fast nie tat – etwas später – er ergriff ihre Hand und sagte wieder: „Ein Horn". Die wundersame Begegnung mit dem Einhorn hatte auch sie bewegt, und neugierig dachte sie: „Kann ja sein, dass dieses seltsame Pferd mit einem Horn einmal wieder dort auftaucht – mal schauen!"

Auch die junge Einhörnin Heda suchte hin und wieder diesen Platz der Begegnung mit Enbu auf, diese Lichtung mit den zwei Zedern mittendrin. Als sie dieses Mal dort war, sah sie zunächst zwei schimmernde Gestalten bei den zwei Zedern stehen, fast durchsichtige Gestalten, die zu ihr blickten. Es waren die beiden Genien, denen seinerzeit Atab an der Seite der Göttin Inanna gegenüber gestanden war. Heda wuss-

te von dieser Begegnung und von der Begegnung ihrer Ur-Ur-Ahnen Buanun und Ashnan aus Erzählungen der Einhörner untereinander, und ihr war klar, dass es dieselben Halbgötter der Inanna sein mussten. Heda erschrak, aber die beiden Genien nickten ihr freundlich zu und schauten dann in die Richtung, aus der gerade Enbu mit seiner Mutter auf die Lichtung hinaustrat, während die Genien langsam unsichtbar wurden.

Heda ging zögerlich auf den Jungen zu, sah – gleichsam als Gruß – fragend die Mutter an, die drei Schritte entfernt stehen geblieben war und nun neugierig die Szene verfolgte. Heda beschnupperte Enbu am Kopf und an den Schultern, und legte wieder als Gruß kurz ihr Horn an Enbus Oberarm. Angst hatte Enbu offenbar dabei wieder nicht, obwohl Heda ganz nahe bei ihm stand. Er wollte gerade die Hand ausstrecken, um sie an ihrem Hals zu berühren, da wich sie erschrocken zurück, aber nur für einen kurzen Moment. Da hatten ja vorhin kurz die beiden Genien vor ihr gestanden und ihr freundlich zugenickt, also fasste sie Vertrauen und ließ sich von dem Jungen berühren und sogar etwas streicheln. Aber so ganz angenehm war es ihr nicht, sie hätte lieber mit ihm herumgetobt, und machte mit tänzelnden Schritten ihr Spielangebot.

Enbu war es, schwermütig wie er war, nicht gewohnt, sich leichtfüßig zu bewegen, machte aber doch einige tapsige Schritte nach vorne, zur Seite, auch wieder zurück, gerade so als wolle er Heda nachahmen. Dabei murmelte er:

„Du, ein Horn, du ein Horn", und zeigte dabei auf das Horn. Heda verstand, was er meinte, machte einen Satz nach oben und senkte dabei den Kopf, sodass ihr Horn eindrucksvoll zur Geltung kam. Enbus Mutter war über die ungewohnte, wenn auch verhaltene und unbeholfene Lebhaftigkeit ihres Sohnes erstaunt und nahm ihn in die Arme, als Heda von Pu-abi weggerufen wurde. Es machte sie glücklich, ihn so zu erleben, denn mit seinem Schwermut hatte sie schon immer viel Kummer gehabt.

Nach dieser zweiten Begegnung mit dem Einhorn wurde Embu auch zu Hause ein wenig interessierter an seiner Umgebung, sah öfter mal den anderen Menschen in seiner kleinen Ansiedlung hinterher, stellte gelegentlich Fragen, und die Mutter ging voll Hoffnung mit ihm so oft wie möglich zu dieser Lichtung, und, wenn Arpu-Rims Herde gerade in der Nähe graste, besuchte Heda ihn dort. Sie erlaubte inzwischen, dass er den Arm um sie legte, und sie tobten und spielten miteinander Fangen oder Erschrecken oder Miteinanderlaufen. Von Begegnung zu Begegnung wurde Enbu lebhafter und lachte sogar gelegentlich und redete auf sie ein. „Du, gutes Tier, kommst mich besuchen. Komm immer wieder, ich komm' auch immer wieder, wir spielen und toben und sind froh".

Heda hatte ihrer Freundin Ibiera, junge Einhörnin wie sie selbst, von ihren Spielen mit dem Menschenjungen erzählt, und sie und Pu-Abi hatten oft mit Abstand bei diesen Begegnungen zugesehen, auf der Lichtung mit den beiden großen Zedern. Besonders Pu-Abi, mittlerweile eine reife Stute, hatte viel Freude am Anblick der jungen Heda , die fröhlich, unbeschwert und doch vorsichtig da um den Jungen herumtänzelte, sie war hingerissen von Hedas grazilrer, fast fohlenhafter Verspieltheit, mit der sie den Knaben ermunterte und herausforderte. Ibiera hatte das Spiel Hedas besonders gefallen, und am liebsten hätte sie einige Male gerne mitgetan, war aber bei Pu-Abi zurückgeblieben, um das Spiel nicht zu unterbrechen. Es bewegte sie sehr, wie der kleine Junge von einem Treffen zum anderen immer lebhafter und lebensfroher wurde.

Eigentlich war Enbu mittlerweile ein ganz normaler Junge geworden, der auch in seiner Ansiedlung Kameraden fand und zu Hause bei der Arbeit half und sich um die Haustiere, die Schweine und Hühner, kümmerte.

Einmal nahm er drei seiner neuen Jungen-Kameraden mit auf die Lichtung. Vielleicht aus Stolz, dass er eine solche ganz beson-dere Freundschaft hatte, wollte er seine gehörnte Freundin vorführen. Die Jungen staunten über das schöne zutrauliche Tier, dräng-ten sich an es heran um es auch zu berühren, gingen im Spaß da-ran, es festzuhalten und einzufangen, waren auch ungestüm dabei. Da stürmte Heda erschrocken und verängstigt davon, in den Schutz ihrer Herde. Enbu suchte dann immer seltener die Lichtung auf.

Ibiera war es, der zwei Jahre später, als Arpu-Rims Herde wieder in der Nähe dieses Platzes war, die göttlichen Wesen erschienen: Die zwei durchscheinenden Genien standen plötzlich bei ihr, sie winkten und bewegten sich in Richtung auf die beiden bekannten Zedern zu. Sie folgte ihnen bis zu der Lichtung und bemerkte dort eine Frau mit einer kleinen verstörten Tochter, die nur vor sich hin starrte, ohne etwas wahrzunehmen. Die Genien nickten Ibiera zu und waren dann wieder verschwunden. Ibiera kam es so vor, als hätte sie einen Auftrag bekommen, aber sie nahm den Umgang mit dem Mädchen als Spiel und begann ihn sogleich als Spiel, so wie sie es bei Heda gesehen hatte, mit der Begrüßung, indem sie ihren Kopf senkte und vorsichtig von der Seite mit ihrem Horn den Oberarm des Mädchens berührte.

Die Frau hatte von der Gesundung des kleinen Enbu er-fahren, und als es bekannt wurde, dass dieselbe Pferdeherde mit einigen Einhörnern wie damals in der Nähe war, hoffte sie für ihre verstörte Tochter auf ein ähnliches Wunder. So hatte sie auf Anweisung von Enbus Mutter ihr Kind hierher auf diese Lichtung geführt. Ibiera brauchte für dieses Kind, Magalla hieß das Mädchen, länger, bis es aus seinem Dämmerleben erwachte, als seinerzeit Heda mit Enbu, aber schließlich begann Magalla auf die Spielangebote Ibieras einzugehen, fing an, das schöne, freundliche Tier zu lieben, und fand auch nach vielen Begegnungen schließlich in ihrem Menschenumkreis ins Leben. Die Leitstute Pu-Abi sah Ibiera gelegentlich bei ihrem unbeschwerten und fröhlichen Spiel mit dem noch seelenkranken Mädchen zu, so wie sie damals Heda zugesehen hatte.

Heda war nun nicht mehr in Arpu-Rims Herde. Dieser hatte es nicht verhindern können, dass Heda von einem Hengst aus Tizgars Familienherde entführt worden war. Er hatte es voll Zorn hingenommen, musste sich aber daran erinnern, dass er seinerzeit aus derselben Herde seine Pu-Abi erobert hatte. Dennoch war die Beziehung zwischen den beiden Herden angespannt, Stutenraub wird nicht so schnell vergessen.

Heda hat später in ihrer neuen Herde wieder einen schwermütigen kleinen menschlichen Spielkameraden gefunden, auch er fand durch die gemeinsamen Spiele in ein erfülltes Menschenleben. Hierbei sahen einige andere Einhörninnen erstaunt zu.

Es sprach sich bei den Menschen der Zagrosvorbergen herum, dass es hier Pferde mit einem Horn am Kopf gab, und dass sie manchmal gerne mit gemütskranken Kindern spielen würden, und dass diese Spiele diesen Kindern gut täten. Es kamen nun auch von weiter entfernt Mütter mit Sorgen bereitenden Kindern, und einige der Einhörninnen, die Heda oder Ibiera zugesehen hatten, nahmen sich spielend dieser Kinder an. Es war wohl so, dass dabei die Göttin Inanna und ihre Genien freundlich und lenkend zugegen waren.

Enanepada

In Lagash, einer großen und bedeutenden Stadt zwischen den Flüssen Euphrat und Tigris, Hauptstadt mehrerer weiterer Städte: Girsu und andere, residierte der König Gudea. Er lebte dort mit seiner Familie in einem prächtigen Palast. Er hatte mit seiner Frau Ninalla drei Söhne und eine Tochter. Die Tochter hieß Arga-A. Sie war als kleines Kind sehr still, sprach fast nicht, war in sich gekehrt und weltabgewandt. Besonders die Mutter war hierüber betrübt und hatte viel Kummer. Der Vater, Gudea, dachte: „Ich kann doch ein solches Mädchen, das mit der Welt nichts zu tun haben will, nicht mit einem Prinzen aus einer anderen bedeutenden Stadt in Mesopotamien, Nippur, Susa oder Ur, verheiraten?"

Die Kunde von Einhörnern in den fernen Zagrosbergen, die angeblich in Pferdeherden lebten, war auch hierher gelangt, besonders auch, dass einige von den Einhörnern schwermütige Kinder heilen könnten. In einer Beratung mit seiner Frau meinte Gudea:

„Ich werde anordnen, dass eine Pferdeherde, in der auch Einhörner mitlaufen, eingefangen wird. Die Pferde können wir sowieso gebrauchen, denn wir haben zu wenige für unsere Truppen als Reittiere und für unsere Kampfwagen. Und wenn die Einhörner unsere Tochter ermuntern können – ich kann es mir zwar nicht vorstellen – dann sollen sie es versuchen."

Es wurde ein Trupp von Soldaten, Tierpflegern und Bauleuten in die Zagrosberge geschickt, wo sie erst einmal mühsam erkunden mussten, wo es eine Pferdeherde mit

Einhörnern gab. Es war sehr schwierig, denn die Zagrosberge erstreckten sich über eine sehr große Länge, und es gab dort in den Bergen nicht viele Ortschaften, wo sie Erkundigungen einholen konnten. Nach langem Forschen und Suchen fanden sie eine Herde, es war die Herde der Atabtochter En-Sapa. Die Männer des Königs zäunten in der Nähe der Herde ein Wiesengelände ein, und es gelang ihnen, einen Großteil der Herde hineinzutreiben. Es waren auch zahlreiche Einhörner und Einhörninnen dabei.

Als die Tiere merkten, dass sie nun gefangen waren, mussten sie es sich gefallen lassen, dass man ihnen Halfter anlegte und anfing, sie so weit zu zähmen, dass man sie den weiten Weg nach Lagash treiben konnte. Es war schlimm für die Pferde, dass sie ihre Freiheit im weiten Gelände der Wiesen und Wälder verloren hatten, und besonders die Eingehörnten, die ja gewohnt waren, sich Gedanken über ihre Umgebung und über ihr Schicksal zu machen, fanden sich schlecht in ihr neues Geschick. Sie taten sich zusammen, trauerten und verzagten. Auf dem langen Weg nach Lagash verloren sie alle ihre Hörner, – so sind Einhörner: Wenn sie gefangen gehalten werden sollen oder wenn sie tödlich verletzt werden, werfen sie ihre Hörner ab und werden zu ‚Einhornpferden'. Nie, auch später nicht, hat man daher je ein Einhorn gefangen halten können.

Die Pferde, die der Gefangennahme entkommen waren, schlossen sich der Familienherde der Alula an, auch sie eine Atab-Tochter. Die Gesamtherde bestand damit nur noch aus vier Teilherden der direkten Atab-Nachkommen.

Gudea konnte die herbeigeführten Pferde gut für seine kriegerischen Pläne brauchen, aber die Hoffnung auf Gesundung seiner Tochter Arga-A durch ein Einhorn, schien zunichte. Gudeas Gattin Ninalla wollte sich aber mit dieser Enttäuschung nicht zufrieden geben. Mit der Zustimmung von Gudea schickte sie eine Abordnung von ihren Vertrauten in die Zagrosberge; diese sollten erkunden, wie die Wunderheilung der lebensuntüchtigen Kinder vor sich gegangen war. Diese erfuhren dann nach vielen Befragungen einige Einzelheiten: „Eine Mutter, nur mit ihrem gemütskranken Kind, ging in ein Gebiet, in dem sich gelegentlich eine Pferdeherde aufhielt.

Hier wartete sie und hoffte, dass eine junge Einhörnin, neugierig und verspielt, sich dem Kind näherte. Wenn dies geschah, war es wichtig, dass die Herde lange genug, also einige Wochen, in der Nähe blieb, bis das Kind das Spielen mit dem Einhorn aufnahm und so lange und so oft zu dem Treffpunkt zurückkehrte, dass es ein lebensfrohes Kind werden konnte."

Ninalla war verzweifelt, als die Abordnung mit dieser Auskunft zurück kam. Sie teilte sich ihrer Schwester Enanepada, die auch im Palast lebte, mit. Diese hatte sich während ihrer Erziehung und auch später viel Freiheit genommen, sie war unternehmungslustig, lebensfroh und wissbegierig und stand – man konnte nicht sagen wie und warum – unter dem Schutz des Gottes Ninurta, der in Lagash und in Girsu als Stadt- und Staatsgott verehrt wurde. Sie hatte alle Prinzen abgelehnt, die ihr als Gemahl vorgestellt worden waren.

Ninalla eröffnete ihr: „Du weißt, ich würde für meine Arga-A alles tun, aber eine so lange scheußliche Reise in die sicherlich schrecklichen Zagrosberge unternehmen, das kann man mir, und auch ich mir nicht zumuten, und dort auch noch in die Wildnis gehen, alleine mit meiner kleinen Tochter und warten und hoffen, dass irgendwann eine Pferdeherde erscheint, und dass dann vielleicht gnädig ein Pferd mit einem Horn auf der Stirn kommt und sich mit dem Kind abgibt, das ist absurd und ganz gewiss nichts für mich. Ich als Gattin des Regenten, des Königs, werde hier gebraucht, für diese Aufgabe bin ich gut, und dieses Dasein bin ich gewohnt."

„Ich finde auch", erwiderte Enanepada, „dass ein solches Unternehmen für dich unpassend ist. Ich selbst, wenn Arga-A meine Tochter wäre, würde allerdings die Mühen und das Abenteuer nicht scheuen. Du weißt, mir ist das dauernde Palastleben ziemlich eintönig, und ich halte mich viel in der Umgebung auf. Mir wäre ein solches Unternehmen eher ein willkommenes Abenteuer. Ich wäre sogar bereit, statt deiner mit Arga-A in die Zagrosberge zu gehen und zu versuchen, die Pferde-Herde und auch ein Einhorn zu finden, denn ich fühle mich ja unter dem besonderen Schutz von unserem Gott Ninurta."

Ninalla war ein wenig beschämt neben ihrer unternehmungsfrohen Schwester. „Sind das nur leere Worte von dir, oder höre ich da ein Ange-bot?", fragte sie, „ich sagte schon: für meine Tochter würde ich alles tun, ich glaube sogar, ich würde sie dir – unter Ninurtas Schutz – anvertrauen."

„Es war mir ernst mit meinem Angebot", sagte Enanepada, „ich täte es gerne – für Arga-A und für dich und auch für mich. Ich benötige nur zu meiner Sicherheit einen Trupp wehrhafter Männer und zu unserer Begleitung drei mutige Frauen aus deinem Gefolge, denen ich trauen kann. Die fröhliche Ninsanga möchte ich auf jeden Fall dabei haben, sie ist sehr umsichtig, und mit ihren Kenntnissen von Heilkräutern kann sie uns unterwegs sehr hilfreich sein. Außerdem kann sie, wie ich auch, lesen und schreiben, das können wir unterwegs wohl brauchen."

Für den König und seine Angehörigen gab es – als Neuerung – bequeme Reisewagen, die von Pferden gezogen wurden, und nicht von Rindern, wie es sonst noch üblich war. Einer der Wagen wurde nun so hergerichtet, dass die Damen des Palastes darin Platz hatten. In drei weiteren Wagen gab es Möglichkeiten zur Übernachtung und Platz für das notwendigste Reisegepäck und für Proviant. Der Männertrupp sollte zu Fuß, zum Teil auch zu Pferd unterwegs sein. Allein für die Fahrt zu den Bergen musste man mindestens 20 Tage rechnen. Zur Sicherung der Fahrt mussten die Herrscher der Städte und fremden Reichsgebiete auf dem Weg informiert werden, ihre Einwilligung konnte vorausgesetzt werden, und soweit möglich, wurde um ortskundiges und friedliches Geleit gebeten. Entsprechende Schriftstücke – in Form von Tontafeln in Keilschrift – , ausgestellt vom König Gudea, hatten die Reisenden dabei.

Nach mühseligen Wochen erreichten die Damen um Enanepada und der Männertross die Zagrosberge und kamen dort nahe dem Hügel mit den fünf Pinien an. Es waren immer fünf Pinien geblieben, immer wenn eine alt gewordene Pinie abgestorben war, war eine junge so weit nachgewachsen, sodass es seit der Verkündigung des ersten Einhorns durch Inanna immer bei der Zahl fünf geblieben war – es war ein Art geheiligter Ort geworden, durch höhere Macht der Inanna geweiht, und von Einhörnern oftmals aufgesucht, um des Tags mit Blick auf die ferne Ebene, und des nachts mit Blick auf die

Gestirne, ihrer Einzigartigkeit und des versprochenen Schutzes durch Inanna und weitere Gottheiten zu gedenken.

Nach zwei Tagen erholsamer Rast wurde die Umgebung erkundet, und es stellte sich heraus, dass eine Pferdeherde nicht sehr weit vom Rastplatz entfernt graste, es waren auch einige Einhörner dabei. Es war die Herde der Nachkommen der En-Ana, aus der ja auch die Einhörnin Heda stammte. Enanepada suchte mit ihrer Nichte Arga-A eine Lichtung in Sichtweite der Herde auf und machte auf sich dadurch aufmerksam, dass sie dort gemächlich auf und ab gingen. Dabei sprach Enanepada mit Arga-A und erklärte ihr:

„Wir haben dir ja schon erzählt, dass es hier ganz freundliche und friedliche Pferde mit einem Horn an der Stirn gibt, die gerne und ganz lieb mit Kindern spielen wollen. Du musst da gar keine Angst haben, wenn sich eins nähert, und wenn Du dich traust, kannst du vielleicht sogar eins von ihnen streicheln und mit ihm spielen, fast wie mit einem Hund. Die meisten Kinder hier machen das sehr gerne. Wenn sich eins von ihnen sehen lassen sollte, bleibe ich immer ganz nahe bei dir, nur wenige Schritte entfernt, denn sie wollen nur mit einem einzelnen Kind spielen, vor Erwachsenen scheuen die meisten von ihnen zurück."

Arga-A sagte nichts dazu und war teilnahmslos, wie meist in ihrem Dasein.

Eine neugierige junge Einhörnin entfernte sich von ihrer Herde, schaute vorsichtig und näherte sich: „Ist das jetzt das, wovon sie uns erzählen, dass es Heda und einige andere erlebt haben?" fragte sie sich. „Ein großes Zweibein und ein kleines, wohl ein junges? Das kleine Zweibein sieht traurig aus und schaut nirgendwo hin".

Kubaba hieß das junge Einhorn, dem dieses durch den Kopf ging. Es wusste aus Erzählungen, wie Heda, Ibiera und die anderen Einhörninnen mit kleinen Kindern gespielt hatten, nachdem diese anfangs ganz zurückhaltend waren. Sie wusste auch, wie Heda und die anderen die kleinen Kinder begrüßt hatten. So stellte sie sich der langsam wandelnden Arga-A in den Weg. Arga-A blieb einen Schritt vor ihr stehen, ohne Erschrecken, innerlich fast abwesend, wie meistens, und kaum erstaunt, und sah nach unten. Kubaba neigte seitlich den Kopf vor ihr und berührte dann sacht mit ihrem Horn den Oberarm des stillstehenden Mädchens – Hedas Begrüs-sungszeremonie vollführend – und sah sie erwartungsvoll an.

Arga-A hob kaum merklich den Kopf. Kubaba wiederholte diese Begrüßung, und erst da hob Arga-A den Kopf so weit, dass sie das vor ihr stehende wunderschöne Tier vor sich stehen sah. Enanepada, sechs Schritte hinter ihrer Nichte, bebte vor Aufregung und Begeisterung. „Dieser Moment", dachte sie, „oh Ninurta ! dieser Moment, wie groß und ewig bewegend ! Es ist also wahr: Es gibt hier Einhörner, die mit seelenkranken Kindern spielen wollen ! Und wie noch bewegter wäre ich, wenn ich jetzt an Arga-As Stelle nach solch einer Begrüßung vor diesem herrlichen Tier stehen könnte !" Arga-A war weit weniger bewegt, aber ein wenig doch. Sie sah das Pferd mit Horn an und fasste sich versonnen an den Arm, an der Stelle wo sie von dem Horn berührt worden war, und folgte mit ihrem Blick den tänzelnden Schritten, mit denen Kubaba sie zum Spielen einladen wollte. Sie verharrte aber in ihrer Versonnenheit und machte nur ganz leise: „Hu", aber erst, nachdem die Einhörnin sich etwas enttäuscht von ihr abgewandt hatte. Bei diesem „Hu" zögerte Kubaba, und sah sich kurz nach Arga-A um. Hierbei meinte sie, kurz eine halbdurchsichtige, schimmernde Gestalt mit ausgebreiteten Flügeln nahe bei sich zu sehen, die ihr freundlich zunickte, nur ganz kurz. Und ebenso kurzdachte Kubaba: „Inanna? Die Göttin, die damals Ashnan und Buanun erschienen war ?", und dann war die Gestalt wieder fort, und Kubaba trabte zu ihrer Herde zurück – ziemlich aufgeregt.

Enanepada hatte bei allem zugesehen, sie nahm ihre Nichte in die Arme und drückte sie an sich, dabei rannen ihr einige Tränen aus den Augen.

Am nächsten Tag führte Enanepada die kleine Arga-A wieder auf dieselbe Lichtung, und es erschien auch wieder die junge, neu-gierige Kubaba, zum Spielen aufgelegt, und auch angeregt durch die Erinnerung an die ihr freundlich zunickende Göttin Inanna.

Nun hatte aber der Gott Nergal, ein Halbbruder von Ninurta, ein Auge auf die Prinzessin Enanepada geworfen, die sich ihrerseits aber dem Gott ihrer Stadt, Ninurta, verpflichtet fühlte, und den sie verehrte. Nergal hatte die Fahrt der Enanepada in die Zagrosberge beobachtet und suchte nun, fern der Stadt Lagash, Gelegenheit sich ihr zu nähern und sie fortzuführen. Er hatte dazu einige Bauernsöhne abgelegener

Höfe gewonnen, die sich an die beiden Prinzessinnen in ihrer Lichtung heranschleichen sollten, um sie dann gefangenzunehmen.

Die aufmerksame Kubaba erschrak, als sie die heranschleichende Bande bemerkte. Sie erkannte eine Gefahr und wollte zu ihrer Herde fliehen, rannte in ihre Richtung, aber ihr war der Fluchtweg abgeschnitten, sie suchte wild rennend an mehreren Stellen eine Lücke zwischen den Burschen, fand aber keine, die ihr breit genug erschien. Zuletzt lief sie in Panik zu Enanepada, zu der sie mittlerweile Vertrauen gefasst hatte, und drängte sich an sie, zusammen mit Arga-A.

Enanepada war klar, dass sie, alle drei, bedroht waren. Nach dem ersten Erschrecken machte sie sich stark, richtete sich hoch auf und schrie die Angreifer an: „Ich bin die Schwester der Königin Ninalla, der Gattin des Königs Gudea, ich habe wehrhafte Männer zu meinem Schutz, nicht weit von hier, und wenn mir, meiner Nichte und diesem freundlichen Tier ein Leid geschieht, werdet ihr alle es bitter büßen müssen!"

„Ho-ho" machten die Angreifer nur höhnisch, „vor euch schwächlichen Personen haben wir keine Angst, und selbst wenn ihr Königsleute seid, der König ist weit, und eure männliche Begleitung macht gerade Mittagsruhe, wir werden Euch gefangen nehmen, und dann soll der König für euch bezahlen!"

Enanepada, schon hoch aufgerichtet, hob noch den rechten Arm empor und rief so laut sie konnte, damit ihre Reisebegleiter sie hören könnten. Sie rief: „Wenn ihr nur einem von uns dreien ein Haar krümmt, wird eure Strafe so entsetzlich und schmerzhaft sein, dass ihr darum bitten werdet, dass man euch schnell tötet. Macht, dass ihr fortkommt; ich sage das..."

Sie bemerkte fast erstaunt, dass die Burschen entsetzte Gesichter bekamen, zuerst erstarrten und dann langsam zurückwichen. Darauf hatte sie nicht zu hoffen gewagt. Sie hatte ihre Stimme und ihre Worte mit so viel Kraft und Drohung versehen, nur aus Furcht, so wehrlos wie sie eigentlich wirklich war. Die Bande zog sich mit entsetzten Gesichtern Schritt für Schritt zurück, und dann rannten die jungen Männer panisch davon. Enanepada, immer noch überrascht, wandte sich ihren beiden Schützlingen zu, und da erst bemerkte sie eine große Gestalt hinter sich. In Ruhe und in bedrohlicher Haltung stand dort, riesengroß, Ninurta, halb durchsichtig, aber unübersehbar, der Gott ihrer Stadt, den sie

verehrte. Sie wusste sofort, dass er es sein musste, obwohl sie ihn zuvor noch nie gesehen hatte; kaum jemals hatte ein Mensch ihn je von Angesicht zu Angesicht gesehen.

Auch die Burschen hatten ihn wahrgenommen, ihn zwar wohl nicht erkannt, aber die göttliche Bedrohung war für sie zum tiefen, entsetzlichen Erschrecken gewesen.

Obwohl Ninurta nur halb durchsichtig, schimmernd dort stand, konnte Enanepada erkennen, dass nun in seine Augen ein freundliches Lächeln kam, und während er langsam verblasste, winkte er ihr mit einer kleinen, aber unendlich weichen Geste zu, so als wollte er ihr bedeuten: „Wir werden uns wiedersehen."

Die Pferdeherde En-Ana war – beunruhigt durch die großen Ereignisse – weiter gewandert und graste nun in der Nähe der Lichtung mit den beiden Zedern. Die beiden Prinzessinnen: Tante und Nichte, suchten die Herde dort auf, warteten geduldig auf der Lichtung und hofften, dass auch Kubaba sich dort zum Spiel mit Arga-A nähern würde. Ja, auch Arga-A hoffte, denn nach den Tagen des Zusammenseins mit Kubaba hatte sie das Tier lieb gewonnen.

„Das ist so ein liebes Tier", sagte sie zu ihrer Tante, „ich glaube, das Einhorn hat mich auch lieb. Können wir es nicht einfach mit nach Hause nehmen, damit ich immer mit ihm spielen kann, wenn ich mag? Bitte! Du hast es doch selbst erlebt, dass es bei dir Schutz vor den bösen Männern gesucht und auch gefunden hat."

Enanepada bemerkte es wohl, und es freute sie, dass Arga-A sprach, und so ungewohnt viel hintereinander. „Vielleicht vollzieht sich da sachte das erhoffte Wunder", dachte sie und antwortete: „Jetzt warten wir erst einmal ab, ob das Einhorn uns aufsucht. Ich fürchte, es ist von den bösen Kerlen, die uns fangen wollten, und vom Erscheinen des göttlichen Ninurta so verschreckt, dass es lieber im Schutz ihrer Herde bleibt. Und, das musst du wissen: Gesucht hat es den Schutz tatsächlich bei mir, aber gefunden hat es ihn, genauso wie du und ich, beim großen Ninurta. Er war es, der das Einhorn behütet hat, so wie er uns behütet hat."

Und sie fuhr fort: „Mitnehmen können wir das Einhorn gewiss nicht, es könnte bei uns nie so ein glückliches Leben führen wie hier in Freiheit in ihrer Herde. Außerdem, – du weißt – bisher haben alle Einhörner, die man zu Haustieren machen wollte, ihr schönes Horn verloren, aus Kummer über die verlorene Freiheit, die sie hier zwischen den Hügeln hatten."

Die junge Einhörnin Kubaba kam wirklich zu ihnen auf die Lichtung, sie kam an vielen Tagen und spielte mit Arga-A, bis diese ein lebensfrohes Kind wurde. Sie näherte sich dann auch Enanepada, und einmal kam sie ihr ganz nahe und begrüßte sie mit Hedas kleinem Zeremoniell: Kopf zur Seite neigen und mit dem Horn leicht Enanepadas Arm berühren. Dann machte sie – mit gesenktem Kopf – zwei Schritte zurück, blickte die Prinzessin ein wenig kokett an und stob dann davon zu ihrer Herde. Mit diesem wundervollen Erlebnis im Herzen und mit ihrer Nichte, die in dieser Zeit zusammen mit der jungen Einhörnin zu einem fröhlichen, glücklichen Kind geworden war, kehrte Enanepada nach Lagash zurück.

Sehr traurig war sie allerdings, dass ihre lebensfrohe und gebildete Freundin Ninsanga, nicht mehr dabei war. Ninsanga war während des Aufenthaltes in den Zagrosbergen unbemerkt davongegangen und nicht mehr in das Lager zurückgekehrt.

Nicht lange nach der Rückkehr nach Lagash entschloss sich Enanepada, Hohe Priesterin im Tempel für Ninurta zu werden.

Tanzen

Simudar (er war es, der seinerzeit das ‚denkwürdige Gespräch' mit seinem Vater über die Gestirne und über die Schön-heit der Welt geführt hatte) fing damit an – in der Herde En-Ana. In einem Moment, als die Pferde, ungehörnte und gehörnte, satt herumlagen oder dösend dastanden, begann er eine Runde im Schritt zu gehen und nachher zu traben, im großen Kreis, um die anderen Pferde herum und, wo reichlich Platz war, auch zwischen ihnen hindurch. Nach zwei Runden erhob sich Simudars Freundin Kinu, auch Einhörnin, und lief ihm einfach hinterher. Die Bewegung tat den beiden gut. Nach einigen weiteren Runden wurden andere Pferde aufmerksam, schauten eine Weile zu, einige erhoben sich, und folgten den beiden, mehr gehörnte als ungehörnte. Es war ein Laufkreis entstanden, den sie alle ziemlich gut einhielten.

Simudar staunte, als er die Reihe hinter sich her traben sah. „Die machen mir das einfach nach, und es scheint mir, dass es ihnen Spaß macht", dachte er, denn die laufenden Pferde schnaubten und schüttelten ein wenig ihre Köpfe. Manche nahmen im Lauf auch kurz die Köpfe nach unten und keilten vergnügt nach hinten aus.

„Sie machen es mir nicht nur nach, sondern sie folgen mir", dachte er mit ein wenig Stolz." Vielleicht sollte ich mir etwas einfallen lassen, damit es nicht eintönig wird."

Er machte eine Kehrtwendung mit kleinem Bogen nach innen und lief zuerst der Reihe innen entgegen, ganz nahe bei ihr, bis er das Ende der Reihe erreichte, und dann lief er in der alten Spur des Laufkreises weiter, nur in umgekehrter Richtung. Und alle Pferde folgten ihm. Bei den Kehrtwendungen gab es zwar bei Vielen ein Durcheinander, aber endlich lief wieder eine geschlossene Reihe hinter ihm her. Nach einigen Runde machte Simudar wieder eine Wendung, wieder nach innen, und fast alle Pferde folgten ihm hintereinander, sodass für einige Zeit zwei Reihen Pferde nahe beieinander, aber in entgegengesetzter Richtung liefen. Das ergab einen ganz lustigen Anblick zwischen Ordnung und Unordnung, und für die laufenden Pferde war dieses Mit- und gleichzeitig Gegeneinander überaus erregend und spaßig.

Am Ende der gemeinsamen Lauferei standen sie noch aufgeregt beieinander, redeten durcheinander:

„Das war ein tolles Spiel",

„das mit der Wendung hat ja erst beim zweiten mal geklappt",

„als du einmal hinten ausgekeilt hast, hättest du mich getroffen, wenn ich nicht schnell zur Seite gesprungen wäre",

„es war schon großartig, wie Simudar das angefangen hat",

„aber es war auch von uns gut, wie wir das so alles mitgemacht haben."

So begeisterten sie sich. Sie knufften und stießen sich an vor Lebhaftigkeit und brauchten einige Zeit bis sie sich wieder beruhigten.

Einige Tage später fing Simudar wieder an, im Kreis zu laufen, und dieses Mal dauerte es nicht lange, bis wieder eine lange Pferdereihe entstand, die ihm hinterhertrabte. Simudar bekam Lust auf Neues: Er lief nun eine Art Schlangenlinie durch den Laufkreis, zwischen den liegengebliebenen Pferden hindurch, so gut es ging. Dazu lief er zuerst nach innen in einem kleineren Halbkreis bis zur Mitte des Laufkreises. Dann lief er in der anderen Bogenrichtung wieder einen Halbkreis und erreichte die Linie des großen Laufkreises, nun aber in der umgekehrten Richtung wie vorher. Einen Moment brauchte er, um sich in der neuen Situation zurechtzufinden, aber dann begriff er und führte selbstbewusst die Reihe weiter an und die anderen immer hinterdrein.

Die innerhalb des Kreis liegengebliebenen Pferde fühlten sich gestört und suchten sich neue Liege- oder Stehplätze außerhalb des Laufkreises, schliefen oder dösten dort, einige aber sahen dem fröhlichen Figurenlaufen der langen Reihe der trabenden Pferde zu. Es gab auch manche, die sich an diesem zweiten Tag noch entschlossen, mitzulaufen.

An diesem Tag versuchte Simudar noch eine weitere Figur: Alle Pferde sollten gleichzeitig im Lauf nach innen ein kleinen Kreis laufen und sich dann an der gleichen Stelle wieder in die Reihe eingliedern. Das Ergebnis war ein totales Durcheinander! Sie probierten es ein weiteres Mal, aber dieses Mal ging es auch kaum besser, wohl auch, weil einige der Pferde die Figur nicht richtig verstanden. Aber es war für alle ungeheuer lustig, und alle waren erregt wegen des gemeinsamen Bemühens.

„Macht nichts", rief Simudar, „das müssen wir beim nächsten Mal wieder üben, vielleicht zuerst nicht alle gleichzeitig, sondern so, dass erst einmal jeder einzeln drankommt. Und dabei müssen alle einen gleich großen kleinen Kreis laufen. Aber das machen wir erst bei einem nächsten Mal, wenn ihr dazu dann noch Lust habt.

„Ja wir haben Lust dazu" sagte die Meisten. Und eine fragte:

„Wie heißt das eigentlich, was wir hier machen?" Es hatte keine Bezeichnung, es war für alle neu.

„Miteinander Laufen" wurde vorgeschlagen, und „Kreislaufen", und „Kreisspiele".

„Tanzen!" rief da ein Einhorn, das bisher immer sehr still war.

Es gab zwar kaum Zustimmung, aber dieses ganz neue Wort war nun genannt, und in dem fröhlichen, übermütigen Durcheinander wollte keiner noch irgendetwas überlegen. Einige Tage später hieß es einfach: „Lasst uns doch wieder tanzen!"

Sie probierten immer neue Tanzfiguren aus: Eine Figur bestand darin, dass die ganze Reihe sich in zwei Abteilungen teilte, eine andere darin, dass jeweils zwei Pferde nebeneinander liefen, sie wechselten auch mal vom Trab in Schritt oder sogar Galopp, was besonders aufregend war.

In der Herde wurde nun viel über das Tanzen geredet. Die Einhörner konnten ja alle „Ashnans Sprache", und mit der Zeit lernten auch einige der ungehörnten Pferde, ein wenig mitzureden:

„Ich kenne jetzt die anderen Pferde besser als vorher",

„Ja, und manche mag ich richtig gern",

„Einige sind aber ziemlich ungeschickt bei den Tanzfiguren, die bringen alles durcheinander",

„Macht doch nichts, oft ist doch gerade das besonders lustig".

„Also, wenn die Seso sich so aufspielt, das regt mich schon auf",

„Naja, die will dem Nanjak auffallen, sie streckt ihm ja auch sonst oft ihr Hinterteil hin, aber er will von ihr nichts wissen, und jetzt versucht sie es so beim Tanzen",

„Red' du mal nicht, du drängst dich ja auch immer zu Simudar. Kennt der dich überhaupt ?"

„Du Biest !"

„Wisst ihr eigentlich, ob der Simudar schon einmal seine Kinu gedeckt hat ?"

Bei diesen Gelegenheiten wurde also auch geklatscht, und es wurden auch Bosheiten ausgetauscht.

Die Herde Tizgar hielt sich gerade in der Nähe auf. Zwei junge Einhornhengste, Galbum und Dadasig, hatten sich von ihrer Herde weit entfernt und bemerkten die Tiere der Herde En-Ana, gerade als sich deren Einhörner und Pferde beim Tanzen vergnügten. Verwundert sahen sie diesem Treiben zu, und bei längerem Zuschauen verstanden sie einigermaßen die Ordnung in dem scheinbaren Durcheinander der vielen Figuren, die da getanzt wurden. Sie merkten, dass die Pferde dort sehr aufmerksam und konzentriert bei der Sache waren und sich sehr bemühen mussten, aber sie erkannten auch, dass es doch ein Spiel war, das sie da beobachteten.

„Ein aufregendes und schönes Spiel", sagte Galbum, „interessant zum Zusehen, und es scheint allen Spaß zu machen. Ich hätte fast Lust, mitzumachen". Ohne sich weiter zu besinnen lief er schon los und trabte neben eine junge Einhörnin, die ihm schon beim Zusehen gefallen hatte, und trabte weiter neben ihr her eine halbe Tanzrunde. Er fragte sie:

„Was macht ihr hier, wie heißt das ?"

„Wir tanzen."

„Woher könnt ihr das ?"

„Wir haben es geübt und üben es immer weiter."

„Habt ihr das selbst erfunden ?"

„Ja, und wir lassen uns immer neue Figuren einfallen."

Jetzt stürzte ein junges Einhorn auf Galbum zu und begann, nach ihm auszuschlagen: „Verschwinde, du hast hier nichts zu suchen, hau ab, sonst hetze ich die ganze Herde auf dich !"

Es war Kinatim, der Bruder von Galbums Tanzpartnerin, der seine Schwester eifersüchtig bewachte. Galbum wusste, dass er nicht einfach in eine fremde Herde eindringen durfte. Während er schon anfing davonzustürmen, fragte er seine Tanzpartnerin noch:

„Wie heißt du ?"

„ Bahipa !" rief sie, aber im Davonlaufen konnte er nicht mehr wahrnehmen, was sie rief.

In der folgenden Nacht träumte Galbum vom Tanzen und von Bahipa.

Drei Tage später traute er sich wieder in die Nähe der Herde En-Ana, er wollte Bahipa wiedersehen und sie, wenn möglich, für sich gewinnen und sie sogar entführen. Er stellte sich ein wenig versteckt auf, aber so, dass Bahipa ihn sehen konnte. Dadasig war auch mitgekommen, blieb aber vorsichtig auf Abstand. Als Bahipa Galbum bemerkte, begann sie vorsichtig, aber immer unauffällig grasend, sich ihm zu nähern.

Bahipas eifersüchtiger Bruder Kinatim bemerkte, welche Annäherung sich anbahnte; Nun ging alles sehr schnell, er griff Galbum unvermittelt an.

Il-Kum, aufmerksamer Leithengst seiner Herde Tizgar, hatte Verdacht geschöpft, als er beobachtete, dass das junge Einhorn Galbum schon zum zweiten mal seine Herde verließ. Er war ihm so weit gefolgt, dass er ihn im Auge behielt. Auf der anderen Seite hatte auch der Leithengst der Herde En-Ana, Arpu-Rim, die Unruhe um Bahipa und Kinatim und das fremde Einhorn beobachtet, denn er kannte Kinatim als hitzköpfig.

Die beiden Leithengste sahen also von ferne zu, wie der Kampf zwischen den beiden Junghengsten entbrannte. Die beiden stiegen voreinander hoch, um sich mit den Vorderhufen zu bedrohen, drehten sich dann um und verprügelten sich kräftig mit den Hinterhufen, und dann gingen sie wieder frontal aufeinander los. Obwohl sie wussten, dass ihre Hörner nicht zum Kämpfen geeignet sind, schlugen sie zunächst mit den Hörnern aneinander und begannen dann, aufeinander einzustechen.

Beide hatten schon blutige Wunden, da vollführte Galbum einen Stoß gegen Kinatims Brust, und bohrte sein Horn tief hinein. Kinatim war tödlich verletzt. Galbum hatte Mühe, sein Horn aus Kinatims Wunde zu ziehen, und dabei lockerte sich der Hornansatz von seiner Stirn, und das Horn stand ihm nun schief vom Kopf ab.

Die beiden Leithengste stürzten zunächst zornig aufeinander los und blieben dann schnaubend beim sterbenden Kinatim stehen, ihr Zorn mischte sich mit Bestürzung und Anteilnahme an Kinatims Todeskampf. Aus ihren Herzen meldete sich noch alter Zwist: „Stutenraub wird nicht so bald vergessen." Heda war einst in Il-Kums Herde aus Arpu-Rims Herde geraubt worden, und noch früher hatte Arpu-Rim ja seinerseits selbst seine Pu-Abi aus Il-Kums Herde geraubt.

„Es tut mir leid um den jungen Einhornhengst Deiner Herde", sagte Il-Kum, „und es tut mir leid, dass es ein Kerl aus meiner Herde war, der ihn niederstreckte. Es ist schlimm, dass gelegentlich Auseinandersetzungen so tragisch enden, aber so etwas wird wohl immer wieder vorkommen."

„So schlimm hätte es nicht kommen sollen, aber wir beide konnten es nicht verhindern. Kinatim war eben noch ein Hitzkopf, aber er war ein guter Einhornhengst, noch sehr jung, aber später hätte er mein Nachfolger als Leithengst werden können. Wir müssen es aber, so wie es jetzt ist, gut sein lassen", sagte Arpu-Rim, „so schwer es mir fällt. Unsere Herden sollen weiter in Frieden miteinander in diesem weiten Gelände grasen können."

So trennten sie sich, nachdem beide kurz den Kopf gesenkt hatten. Il-Kum trabte zu Galbum und Dadasig, die sich schon zurückgezogen hatten, und trabte mit ihnen weiter in Richtung zu ihrer weit entfernt stehenden Herde, wobei Galbum wegen seiner Kampfverletzungen stark lahmte.

Arpu-Rim wandte sich seiner Herde zu, da Kinatim mittlerweile tot war. Noch einige Zeit herrschte unter seinen Tieren betroffene Stille, da löste sich Bahipa unvermittelt aus ihrer Herde und stürmte davon, den schon weit entfernten drei Einhörnern der anderen Herde hinterher, zu Galbum, dessen Horn ihm schief vom Kopf hing.

Aruru

Die Herde Ur-Nanse hielt sich meist in der Gegend unter einem kurzen Gebirgszug auf, wo es eine etwas längere Steilwand gab. Die Einhörnin Aruru blieb mit ihrem wenige Wochen jungen Fohlen En-Gal, einer kleinen Einhörnin, immer nahe dem Gebüsch vor der Steilwand, weil En-Gal ein paar Tage nach der Geburt einen Schlag von einem Pferdehuf auf die  Hüfte bekommen hatte und seitdem lahmte. Aruru hoffte, beim Nahen von Raubtieren – Wölfen, Löwen oder Bären – ihr Junges, das nicht schnell genug laufen konnte, rechtzeitig im Gebüsch verstecken zu können, bevor sie selbst mit der Herde fliehen musste.

An diesem Tag hörte sie aus dem Gebüsch unbekannte Geräusche. Es war ein klagendes Wimmern, es klang für sie ungefährlich. Neugierig wie die meisten Einhörner sind, folgte sie mit vorsichtigen Schritten dem Geräusch und fand ein kleines Wesen, mit Tüchern umgeben, auf einer Matte in einem Höhleneingang liegen. Solch ein Wesen hatte sie noch nie gesehen. Es war ein Kleinkind, das noch kaum krabbeln konnte. Es war dort abgelegt, wohl vor ein oder zwei Tagen, und dann verlassen worden. Es sah Aruru erstaunt und doch hoffnungsvoll an, mit weit geöffneten Augen. Aruru ahnte, dass es verlassen worden war und Hilfe brauchte. Sie war ja gerade Mutter mit dem Gefühl für die Hilfsbedürftigkeit von Kindern, von welcher Art Tier das Kind auch sein mochte.

Sie roch an dem Kind und wich gleich wieder zurück, es roch unangenehm. Sie blieb vorerst auf Abstand. Angezogen durch Fürsorgegefühle und andererseits abgestoßen durch den Geruch, wusste sie nicht weiter und entschied dann, sich mit ihrer Vertrauten und Freundin Sumsani zu beraten.

Sumsani sah sich das kleine Wesen an und war – ebenso wie vorher Aruru – gerührt von dessen offenbarer Hilflosigkeit.

Es riecht aber so fremd, dass wir ihm so nicht helfen können," sagte sie, „ich glaube, der Kleine ist schmutzig von seinem Kot".

„Kann sein", sagte Aruru, „der Kot von allen Tierarten riecht unterschiedlich. Wir können ja den Kot von Löwen von dem von Wölfen unterscheiden. Aber Löwen und Wölfe beschmutzen sich nicht selbst, glaube ich, die lassen ihren Kot – wie wir – einfach auf die Erde fallen. Wenn wir mit dem kleinen Wesen etwas anfangen wollen, müssen wir es erst sauber kriegen."

„Leicht gesagt", meinte Sumsani, „aber wie kann das gehen?"

„Also, wenn wir, Pferde und Einhörner uns schmutzig fühlen, was machen wir dann? Wir wälzen uns im Gras oder im Sand. Im Gras geht das besonders gut, wenn das Gras nass ist von Tau oder von Regen. Wasser ist dabei, so scheint es, sehr hilfreich," so hat Aruru grade laut überlegt, „aber geregnet hat es seit einigen Tagen nicht, und der Tau von heute Nacht ist schon getrocknet. Heute ist es also aussichtslos. Und außerdem: wälzen können wir uns nur selbst. Könntest du dir vorstellen, das Kleine zu wälzen?"

Sumsani überlegte: „Wasser ist wohl wirklich die einzige Möglichkeit. Zum Glück haben wir ja den Bach ganz nahe dabei. Wenn wir das Kleine auf seiner Matte dorthin ziehen, könnten wir es wohl in einer flachen Stelle hineinlegen. Einen großen Teil des Schmutzes kann das fließende Wasser abspülen, alles weitere können wir uns dann überlegen. Es kommt ja noch die Aufgabe, es irgendwie zu ernähren."

„Ja, da müssen wir ihm wohl von unsrer Milch etwas abgeben, du und ich und vielleicht noch andere, die auch gerade ein Fohlen haben. Das wird alles nicht ganz einfach, denn stehen kann dieses Wesen ja offenbar noch nicht. Ich glaube übrigens, dass es sich da um ein Menschenkind handelt."

So wurde es gemacht. Jetzt hatten sich noch einige andere Einhörninnen dazugestellt, zunächst von Neugier angelockt, die neue Ideen hatten oder auch halfen, denn die Matte musste ja in ungewohnter und mühsamer Arbeit mit den Zähnen durch zum Teil unebenes Gelände gezogen werden. Es gelang auch, all die Tücher, in die das Kind gehüllt war, vom Kind abzuheben, sodass es bald unbekleidet vom seichten Wasser umspült war. Das Wasser war kühl, darum schrie das kleine Wesen, aber das Schreien half ihm nichts, denn für die nächste Notwendigkeit, nämlich es an die Zitze einer Einhörnin heranzubringen, sollte es ja nicht mehr so riechen.

Mittlerweile waren die Anwesenden davon überzeugt, dass es ein kleiner Mensch sein musste. Im Bach wurden auch gleich die Matte und die Bekleidungstücher mit gereinigt. Dies erledigten einige der versammelten Tiere mit Spaß, indem sie auf den im seichten Bach liegenden Geweben herumtrampelten. Um den angetrockneten und fester haftenden Schmutz vom Kinderkörper abzureiben, kamen zwei Einhörner auf die Idee, mit ihren Mäulern Kräuterbüschel zusammenzuraufen und damit den Schmutz abzubürsten, und andere rieben ihm mit ihren Hörnern den

Schmutz ab. Danach entwickelten einige Einhörner Geschick dabei, die sauber gewordenen Tücher mit ihren Hornspitzen aus dem Wasser zu fischen. Jetzt ging der Transport des Kleinkindes auf seiner Matte wieder zurück zum Höhleneingang, wobei sich viele Einhörner und auch einige Pferdestuten mit Einsatzfreude beteiligten. Und bald waren im warmen Sonnenschein Kind und Matte und Tücher wieder trocken. Die Tiere schnupperten – eins nach dem anderen – am Kleinen, fanden seinen Geruch nun angenehm und nahmen ihn so in ihre Gemeinschaft auf.

Die Mäuler der Tiere, die ihn beschnupperten, ihre Augen, die felligen Gesichter, waren dem Baby fremd, aber es fühlte sich umsorgt, so wie es sich früher wohl von seiner Mutter umsorgt gefühlt hatte, es war jetzt zufrieden, fast ein wenig glücklich, wenn auch hungrig. Die Tiere waren auch glücklich und stolz und fröhlich wegen ihrer gemeinschaftlichen Unternehmug.

Die bevorstehende Aufgabe war es, das nun saubere Kleinkind an eine Einhörninnenzitze heranzubringen. Aruru war als erste bereit, von ihrer Milch abzugeben. Aber kleine Pferde, so auch Einhörner, saugen stehend, und das Kleinkind dort konnte sich noch nicht erheben. Also musste Aruru sich hinlegen und dem Kleinen ihre Zitze anbieten. Aber das Kleine verstand dieses Angebot nicht, und schrie nur – jetzt vor Hunger. Nach einer Beratung der versammelten Einhörninnen wurde Arurus kleine Tochter En-Gal herangeführt. Diese schnupperte zunächst an dem ungewohnten Wesen, und fand erst nach einigen Bemühungen der versammelten Einhorndamen die Zitze der ungewohnt liegenden Mutter und fing dann an zu saugen. Wohl angezogen durch den Geruch der warmen Milch, wohl auch dem Beispiel der freundlichen En-Gal folgend, drehte sich das Menschenkind so, dass es Arurus Zitze erreichen konnte. Nach freundlichem Schupsen einer verständigen Einhörnin machte En-Gal Platz für den anderen Säugling. Die versammelten Einhörninnen hatten so viel Vergnügen bei diesen Vorgängen, dass sie gerne bereit waren – sofern sie Milch hatten – das Kleine bei sich trinken zu lassen.

„Es ist so nackt.", sagte eine,

„es ist so, dass man es beschützen und für es sorgen möchte", sagte eine andere, und eine dritte: „Wahrscheinlich bekommt es noch ein Fell, aber schaut mal seine großen Augen an, mit denen es einen ansieht! Es ist rührend."

Rührend fanden das Baby alle Einhörninnen. Die männlichen Einhörner dagegen fanden es interessant, wie anders es war. „Es scheint so, als ob unsere Stuten es behalten wollen, und dann müssen wir abwarten, ob aus ihm noch etwas Brauchbares wird", meinten sie.

Eines Nachmittags spät kam der Geruch von Wölfen auf, ein Grund für die Herde sich davonzumachen. Aruru, verantwortlich für ihre lahmende En-Gal, und nun auch für das kleine Menschenkind, verbarg ihre Schützlinge etwas weiter hinten in der Höhle, ihr blieb nur die Hoffnung, dass die Wölfe sie dort nicht aufspürten. Gerade als sie davonlaufen wollte, um sich der Herde anzuschließen, sah sie beim Höhleneingang eine große Gestalt stehen, sie war halb durchsichtig, schimmerte leicht. Die Gestalt blickte sie an, nickte ihr kurz zu und schmunzelte dabei ein klein wenig. Es war Enki, derjenige Gott, der zusammen mit Nammu die Menschen erschaffen hatte und den Menschen freundlich gesinnt war. Aruru konnte dies nur ahnen, als sie jetzt schnell davonlief, um sich ihrer Herde anzuschließen.

Nach zwei Tagen traute sich die Herde zurück zu ihrem Lieblingsplatz an dem kurzen Gebirgszug. Aruru drängte es, nach ihren beiden Schützlingen zu schauen. Als sie angsterfüllt in die Nähe der Höhle kam, sah sie vor ihrem Eingang zwei Gestalten stehen, fast wie zur Bewachung der Höhle. Halbdurchsichtig standen sie dort, leicht glitzernd. Es

waren die beiden Genien, die früher schon gelegentlich Einhörnern erschienen waren. Sie lächelten kaum wahrnehmbar, während sie langsam völlig durchsichtig wurden.

Es geschah oft, dass die Herde ihren Lieblingsplatz wegen nahender Raubtiere verlassen musste, und immer mussten die beiden Sorgenkinder dann für einige Tage in der Höhle versteckt werden. Und jedes Mal standen dann auch die beiden Genien vor dem Höhleneingang.

En-Gal und Nabu

Das Menschenbaby war ein Junge, er wurde Nabu genannt. Noch ein Jahr lang war seine einzige Nahrung die Milch der Einhörninnen, abgesehen von dem, was ihm eine Frau in einer Schale hinstellte. Sie kam gelegentlich her, immer nur alleine und heimlich, machte ihn sauber und umgab ihn mit neuen sauberen Tüchern. Sie blieb immer nur kurz und sprach kaum mit ihm. Erst später konnte er sicher gehen, zunehmend lernte er, sich auch von Beeren und sonstigen Früchten der Büsche und Bäume zu ernähren. Zwischen den Gräsern fand er Kräuter mit Erbsen, Bohnen oder Linsen, aus Getreidepflanzen klaubte er die kleinen Körner. So verbrachte er täglich eine Menge Zeit mit der Nahrungssuche, aber seine Freunde, die Pferde und Einhörner, grasten ja auch viele Stunden jeden Tag.

Winternächte sind auch hier kalt und an Sommertagen scheint die Sonne heiß und brennend. Notdürftig hatte Nabu ausreichende Bekleidung. Immer wieder kam die Frau zu dem Höhleneingang und versorgte ihn mit dem Notwendigsten.

Er und En-Gal hielten sich viel, nahe beieinander, in der Nähe des Höhleneinganges auf, denn sie mussten ja beide ständig bereit sein, sich zu verstecken. Sie waren ein seltsames Paar. Sie stand mit ihren schnell gewachsenen, langen Beinen hoch über ihm, während er noch lange mit seinem Kopf erst ihren Bauch erreichte.

Aber während der langen Zeit, in der sie so nahe beieinander waren, vor allem in den Tagen, die sie zusammen in der Höhle verbringen mussten, wurden sie fast wie Geschwister. Besonders während der Höhlentage drängten sie sich oft ängstlich eng aneinander.

En-Gal lernte von den erwachsenen Einhörnern ihre Sprache, ‚Ashnans Sprache'. Und Nabu lernte die Sprache mit ihr, nur sah diese Sprache bei ihm ganz anders aus als bei En-Gal, diese Pferdesprache mit Körperbewegungen, Gestik und Mimik. Die Einhörner lachten viel, wenn sie ihn in ihrer Sprache sprechen sahen, es sah so lustig und ganz anders aus als bei ihnen, aber er verstand sie und sie lernten, ihn zu verstehen.

En-Gal war oft unglücklich, wenn sie mit den Spielen und Tobereien der anderen nicht mithalten konnte. Nun gab es bei den jüngeren Einhornstuten ein Spiel, ein kleines Theater, das sie für sich selbst aufführten. Es ging darum, wie seinerzeit das junge Einhornmädchen Heda mit seelenkranken Kindern spielte, so lange, bis diese Menschenkinder in ihrer Seele gesund wurden. En-Gal hatte hierbei meist die Rolle des kranken Kindes zu übernehmen, weil sie selbst mit ihrer Lahmheit auch als krank galt. Das Spiel begann mit dem bekannten Begrüßungszeremoniell der gespielten Heda bei der ersten Begegnung. Nach weiteren Begegnungen, bei denen das Kind zunehmend zutraulicher und lebhafter wurde, endete die Aufführung damit, dass das Kind ganz fröhlich mitspielte. Dieses fröhliche Rollenspiel mit En-Gal als das einst gemütskranke Kind machte ihr immer viel Vergnügen, und sie tobte mit der gespielten Heda herum und vergaß dabei ihre Lahmheit und war fröhlich und glücklich.

Wenn die beiden, En-Gal und Nabu, tagelang alleine in ihrer Höhle zubringen mussten, war es ihnen bald langweilig. Als sie größer wurden und ihre Furcht etwas kleiner wurde, sprachen sie auch über die beiden schimmernden Wesen vor ihrem Höhleneingang. Die neugierige En-Gal sagte: „Ich habe zunehmend immer etwas weniger Angst, wenn ich die beiden Gestalten da vor der Höhle stehen sehe. Aber die Angst wird wieder größer, wenn ich mir vorstelle, dass sie einmal einfach wegbleiben. Ob man sie mal fragen kann?"

Nabu sagte: „Die sehen so streng und unnahbar aus, ich würde mich nicht trauen, sie anzusprechen, aber wenn Du meinst? Du kannst ja auch besser reden als ich und findest besser die richtigen Worte."

So ging also En-Gal vor die Höhle, stellte sich vor den Gestalten auf und begann mit Fragen:

„Steht ihr nur für uns beide hier?"

„Ja."

„Nur für uns beide, für Nabu und mich?"

„Ja."

„Und bleibt ihr immer so lange hier, wie unsere Herde fort ist?"

„Ja."

„Und die Raubtiere kommen nicht in die Höhle, wenn ihr davor steht?"

„Ja."

„Warum nicht?"

„Weil wir von den Göttern geschickt wurden, und das merken die Raubtiere, und sie haben Angst vor uns. Aber eigentlich sollen wir nicht mit dir reden."

Jetzt traute sich auch Nabu vor die Höhle und stellte sich neben En-Gal auf.

„Was sind denn Götter?"

„Sie sind erhabene Wesen."

„Was heißt das, „erhaben"?"

„Sie leben nicht auf der Erde."

„Wo denn sonst?"

„Die Erhabensten leben oben im Himmel über den Wolken und über Sonne und Mond."

„Und die weniger erhabenen? Wo leben die?"
„Einige leben unter der Erde, andere im Wasser."
„Sind die Götter mächtig?"
„Sehr, sehr mächtig. Sie haben erst die ganze Welt erschaffen."
„War denn die Welt vorher nicht da?"
„Nein. Sie haben erst den Himmel gemacht, dann das Wasser und dann haben sie das Land vom Wasser getrennt."
„Und alles andere? Die Bäume, das Gras die Tiere und uns Pferde und Einhörner und die Menschen, wie den kleinen Men-schen da?"
„Das haben alles die Götter erschaffen, und darum sind sie erhaben, und auch deshalb sollen wir eigentlich nicht mit Unerhabenen sprechen."
„Aber mit uns beiden dürft ihr reden, obwohl wir unerhaben sind?"
„Die Götter haben uns vorhin angewiesen, doch mit euch zu sprechen."
„Aber sie waren doch gar nicht hier, wir haben sie nicht gesehen!"
„Wir stehen mit ihnen in Verbindung."
„Wie, in Verbindung?"
„In Gedankenverbindung. Aber jetzt können wir verschwinden, denn wir sehen, dass eure Herde zurückkommt, und die Raubtiere haben sich schon längst wieder verzogen. Lebt wohl, bis zum nächsten Mal. Es war ganz schön, mit euch ein wenig zu reden, denn da draußen nur zu stehen wird auch für uns mit der Zeit langweilig."

Auch En-Gal und Nabu war es jetzt nicht mehr langweilig, und doch freuten sie sich, dass die Herde wieder da war, und sie hatten viel zu erzählen.

Wieder einmal tauchten Raubtiere auf, wieder einmal musste die Herde für einige Tage fortziehen und die beiden Höhlenkinder alleine zurücklassen. Aber so alleingelassen wie bisher immer fühlten die beiden sich dieses Mal nicht; die beiden glitzernden, halb durchsichtigen Gestalten standen ja vor dem Höhleneingang.

„Seid ihr auch Götter?"

„Nein, aber wir sind auch göttlich."

„Seid ihr Boten der Götter?"

„So eine Art, aber wir sind wichtiger als Boten, wir sind Genien."

„Was machen Genien alles?"

„Wir bemühen uns, die friedlichen Tiere und die Menschen vor den Dämonen zu schützen, die Unheil, Krankheiten und Gefahren verbreiten."

„Gibt es auch dämonische Götter?"

„Ja, aber nur wenige, die meisten Götter sind für gute, sinnvolle oder freundliche Bereiche zuständig."

„Gibt es so viele Götter?"

„Sehr viele. Und über die Götter gibt es auch viele Geschichten."

Und sie erzählten von Nammu, der Göttin des Urmeeres, die die Welt geschaffen hatte, und von Enlil, der die Erde vom Himmel trennte und die Tiere schuf und den Menschen die Sprache beigebracht hatte. Sie erzählten von der „Großen Herrin Ningal, Gemahlin des Mondgottes Nanna, und Mutter des Sonnengottes Utu, und der Göttin der Liebe und Fruchtbarkeit Inanna. Sie erzählten auch von Enki, dem Gott der Gewässer und der Weisheit, und wie er zusammen mit Nammu den Menschen erschuf. Viel erzählten sie an Tagen, an denen die beiden Sorgenkinder, die lahme En-Gal und das Menschenkind Nabu, in ihrer Höhle bleiben mussten und nur gerade bis zu den beiden Genien vor die Höhle durften.

„Von uns Einhörnern gibt es auch ganz viele Geschichten", sagte En-Gal, „wir erzählen sie uns gegenseitig, und so wissen wir Einhörner auch, was unsere Eltern, die Großeltern und die

Ahnen gemacht haben."

„Das möchte ich auch alles wissen", sagte Nabu, „ich gehöre doch dazu!"

Und so erzählte En-Gal von Ashnan und Buanun, die noch Pferde ohne Horn waren, wie sie …

… „Nach einer Verkündigung durch Inanna" warfen die Genien ein …

… den Sohn Atab bekamen, das erste Einhorn und damit Ur-vater aller Einhörner. Sie erzählte, wie Atabs Mutter Ashnan die Einhornsprache – die Ashnansprache – erschuf …

… „Mit Hilfe des Gottes Enlil!", unterbrachen die beiden Genien.

Sie erzählte weiter, wie die fünf Einhorn-Nachkommen fünf Herden bildeten, sie erzählte von Heda, die als erste ein gemütskrankes Menschenkind glücklich machte, sie erzählte, wie Arpu-Rim und sein Sohn Simudar sich Gedanken über die Schönheit der Welt machten, sie erzählte von den beiden Prinzessinen Enanepada und Arga-A und der kleinen Einhörnin Kubaba....

… „Sie alle drei mussten von Ninurta vor der Gefangennahme gerettet werden", ergänzten die Genien.

So bekam Nabu einen Einblick in die bisher vergangene Welt der Einhörner. Er war schon alt genug, diese Geschichten in sich aufzunehmen, aber dabei beunruhigte ihn der Gedanke, dass er doch nicht ganz zu den Einhörnern gehörte. „Gemütskranke Menschenkinder", „Prinzessinen Enanepada und Arga-A", diese Worte trafen ihn tief, ohne dass er es sofort merkte. Nur langsam, mit den folgenden Tagen, zuerst als Ahnung, dann als Wissen, wurde es in ihm klar, dass er ein Mensch war, ein Mensch, vielleicht so wie die Frau, die so oft zu ihm kam und ihm Kleidung und einiges zu essen gebracht hatte und etwas zu ihm sprach. Ein Mensch, der immer nur mit Einhörnern und Pferden zusammen gelebt hatte.

Er hatte auf einer Wanderung das Dorf Nagor entdeckt, und

als er dort Menschen sah, zog es ihn immer wieder dorthin. Nahe dem Dorfrand sprach ihn eines Tages die Frau an, die ihn mit Kleidung versorgt hatte. Sie pflückte dort Kräuter und band sie zusammen. Sie erkannte ihn sofort wieder. Er verstand ihr Sprechen nicht, und er wunderte sich, wie sie mit ihrem Mund Laute machte, die er hörte. Sie ihrerseits wunderte sich von Neuem, welche seltsamen Bewegungen und Gesten er in seiner Einhornsprache machte. Zunächst musste sie sich bemühen, nicht zu lachen, weil es wirklich befremdlich und lächerlich aussah, aber sie erkannte seinen Ernst, und machte sich erneut klar, unter welch ganz fremden Umständen er groß geworden war. Aber, so unge-wöhnlich sein Auftreten auch war, sie freute sich, wie der Junge sich entwickelt hatte, und sie lud ihn mit Gesten in ihr kleines Haus ein. Aber es war ihm unheimlich, er neigte zum Abschied deutlich seinen Kopf, wie Einhörner es untereinander gelegentlich tun, und ging davon, zurück zu seiner Herde. Sie sah ihm lange hinterher. Sie musste ihr Geheimnis um ihn noch weiter wahren.

Von Tag zu Tag merkte Nabu deutlicher, dass er eigentlich nicht zu den Tieren, sondern zu den Menschen gehörte. Er sagte es En-Gal, und er erzählte ihr auch, dass er mehrfach Menschen im Dorf besuchte. Es dauerte eine Weile, bis En-Gal begriff, was dies für ihre geschwisterliche Gemeinsamkeit bedeuten würde.

Besorgt fragte sie: „Bedeutet das, dass du in Zukunft oft länger fort bleiben wirst und ich dann hier bei Gefahr allein in der Höhle liegen muss?"

„Ja", antwortete er, „ich werde bald immer länger fort bleiben, und schließlich, glaube ich, werde ich ganz bei den Menschen bleiben. Es wird für mich sehr traurig sein, dich zu verlassen, und auch die Herde zu verlassen, aber so, wie du zu den Pferden und Einhörnern gehörst, so gehöre ich zu den Menschen, so weiß ich das jetzt."

„Ich werde auch sehr traurig sein," antwortete En-Gal tief unglücklich. „Bei all der Angst, die wir oftmals hatten, wenn wir zusammen in der Höhle lagen, war es auch schön und vertraut mit dir zusammen. Wenn du die Arme um mich gelegt hast, war es zwar unbequem, weil ich oft nicht wusste, wohin mit meinen langen Beinen, aber ich habe mich geborgen gefühlt. Ich weiß, dass ich mich bei Gefahr allein in der Höhle sehr einsam und verlassen fühlen werde."

„En-Gal, ja, aber für mich wird es endlich Zeit, dass ich zu den Menschen gehe, ich merke immer mehr, dass ich eigentlich nicht zu euch gehöre, auch wenn ihr mich damals gerettet habt und ihr immer sehr gut zu mir wart. Ich werde euch noch oft besuchen kommen und ich werde bestimmt sehr viel an euch, und besonders an dich denken."

Er ging wieder zu dem Dorf und hoffte, wieder dieser Frau zu begegnen, zu der er Zutrauen gewonnen hatte. Er traf sie dieses Mal und auch die weiteren Male, und zuletzt traute er sich, ihr in ihre Hütte zu folgen; Und das wurde dann sein neues zu Hause. Er lernte, ihre Sprache zu verstehen, wenn auch nicht, sie zu sprechen. Sein Mund hatte es in seiner Kindheit nicht gelernt, Laute zu bilden, aber mit Gesten konnte er sich einigermaßen verständlich machen. Sie lebte alleine in ihrem Haus. Sie nannte sich Ninsanga, sie war seinerzeit die Lieblingshofdame von Enanepada gewesen und hatte sich ja bei der Fahrt in die Zagrosberge heimlich davongemacht.

In einem schweren Schicksal war Ninsanga hier in das Dorf gekommen und dort geblieben. Es durfte niemand wissen, dass Sie ein Baby bekommen hatte, darum hatte sie es seinerzeit nahe der Höhle ausgesetzt, mit der Hoffnung, dass es überleben würde. Als sie zwei Tage später angstvoll wieder nach der Höhle sah, bemerkte sie glücklich und erleichtert, dass es noch lebte. Langsam hatte sie verstanden, dass ihr Sohn in die Pferdeherde aufgenommen worden war, und mit den heimlichen Besuchen und mit der mitgebrachten Kleidung und mit Nahrung hatte sie dann für sein weiteres Überleben gesorgt.

Sie hatte auch manchmal für sich gesprochen, ohne dass er es verstehen konnte: „Ein herrliches Wunder, dass du noch lebst und dass ich dich gelegentlich besuchen kann. Aber wie unendlich kummervoll, dass ich dich nicht zu mir holen kann, es wäre so gefährlich für dich und für mich. Niemand darf erfahren, dass ich dich geboren habe." Sie hatte dabei geweint, musste dann aber jedes Mal schnell wieder in das Dorf zurück.

Und nun war sie froh, dass sie ihn bei sich haben konnte, verriet ihm aber auch jetzt nicht, dass sie seine Mutter war. Als Findelkind nahm sie ihn bei sich auf. Mit der Zeit lernte sie, seine Art ‚Ashnan' zu verstehen.

Nun, da Nabu bei den Menschen angekommen war, war er begierig zu lernen, ihre Gewohnheiten anzunehmen. Ninsanga war, wie schon erzählt, am Königshof in Lagash aufgewachsen und konnte daher lesen und schreiben – schreiben auf Tontafeln. Nachdem Nabu ihre Sprache verstehen gelernt hatte, lernte er von ihr auch lesen und schreiben.

Ebenfalls wurde er von Ninsanga in die Kunde eingewiesen, Heilkräuter zu erkennen und anzuwenden, und er wurde, wie sie, im Ort und in Nachbarorten als Heilkundiger tätig. Er mochte diese Aufgabe, ging behutsam und freundlich mit den Kranken um, hörte ihnen geduldig zu. Er war den Menschen zugewandt, trotz seines Mangels im sprachlichen Umgang, und die Leute mochten ihn. Er freute sich, jetzt mit Menschen zusammenzukommen.

Aber doch: Eine Fremdheit und ein Abstand blieb in ihm und in seinem Umgang. Er vermisste sein ungezwungenes Zusammenleben mit den Pferden, den gehörnten und den ungehörnten, er vermisste das Fell ihrer Körper, ihren Geruch, ihr Schnauben und ihre Ruhe beim Grasen.

Anfangs besuchte er noch oft seine Einhornherde, besonders begrüßte er dann sein lahmes Halbgeschwister

En-Gal, und sie liebkosten sich vertraut wie früher. Doch einmal war sie nicht mehr bei ihrer Herde. Die anderen Tiere sagten ihm, ein Löwe hätte sie wohl aufgespürt, in einem unbewachten Moment. Die Genien hätten sich dann schon lange nicht mehr vor der Höhle aufgestellt. Nabu fand noch En-Gals Horn auf der Wiese, nicht weit vom Höhleneingang, und traurig nahm er es mit sich und behielt es bis zu seinem Tod.

Nabu hatte eine wichtige Nachricht für seine Herde, die Herde Ur-Nanse: Der derzeitige König von Lagash, Pirigme, benötigte für einen seiner Feldzüge weitere Pferde, und seine Kundschafter hielten sich gerade in Dörfern nahe des Standortes der Herde an dem kurzen Gebirgszug auf.

„Ihr dürft nicht länger hier bei dem kurzen Gebirgszug bleiben, denn der König will viele Pferde fangen, und seine Leute suchen gerade hier in der Gegend nach einer Herde. Ihr müsst weiter wegziehen als sonst, denn sie suchen weit in der Umgebung", warnte er sie. Und der Leithengst En-men-Lu hörte gut zu und wollte noch mehr Einzelheiten wissen, aber Nabu hatte auch nicht mehr erfahren. So zog die Herde für einige Zeit weit nach Norden, blieb aber noch in den Vorbergen des Zagrosgebirges.

Eine andere Herde, die Nachkommen der Alula, war zu dieser Zeit auch nicht weit und im Bereich der Kundschafter des Königs. Nabu lief einen Tag, um auch sie zu suchen und zu warnen, aber sie konnten ihn nicht verstehen, denn Nabu hatte Ashnans Sprache bei seinen Pferden in der Herde Ur-Nanse gelernt, und nur diese Einhörner hatten erlebt, wie anders als sie selbst er ihre Sprache sprach. So konnte er diese Herde nicht vor der Gefahr warnen, und so kam es, dass die Herde Alula von den königlichen Pferdefängern gefangen und fortgeführt wurde. Von nun ab gab es also am Rand der Zagrosberge von ursprünglich fünf nur noch drei Herden, in denen Einhörner lebten.

Tasadum

Tasadum, in der Herde Ur-Nanse, war der zweite Einhorn-Sohn von En-men-Lu, noch ein Jüngling, wie sein Freund Urlungal, ebenfalls ein Einhorn. Wenn Tasadum nicht mit seinem Freund zusammen war, hielt er sich meist alleine auf, graste und schlief etwas abseits seiner Herde. Auch an Spielen der Pferde und an Gesprächen der Einhörner nahm er nur gelegentlich teil – er war eher ein Träumer. Seinem Freund erzählte er von seiner Freude an schöner Landschaft, an dem Wuchs von Bäumen, an Blumen und am nächtlichen Himmel mit den Sternen und dem wechselvollen Mond. Urlungal hörte ihm gerne zu, weil er Tasadum sehr liebte, und weil Tasadums Erzählungen ihn in eine andere Welt führten, zu der er selbst nur wenig Zugang hatte, und weil Tasadum in so wunderschönen Worten von seinen Stimmungen und Eindrücken zu sprechen verstand. Urlungal selbst war aber ebenso gerne mit den anderen Herdentieren zusammen, in deren Geselligkeit.

An jenem Morgen bemerkte Tasadum in einer Gruppe von jungen Pferdestuten Elule. Er hatte sie schon früher bemerkt und von seinem Freund erfahren, wie sie hieß. Sie hatte ihm gefallen wegen ihrer schönen aufrechten Körperhaltung, wegen der langen, hellen Schopfhaare, die ihr vor die Augen und seitlich der Ohren auf ihr dunkles Fell hingen. Es ergab sich nun, dass sie einen Moment zu ihm herüberschaute, zunächst ganz kurz, aber nachdem sie ein wenig gegrast hatte, blickte sie noch einmal zu ihm hinüber. Aber dann wurde sie von den anderen Jungstuten abgelenkt, die plötzlich Lust auf einen Zeitvertreib bekamen und mit ihr davontrabten.

Tasadum blieb mit diesem Blick von Elule zurück. Er stand, und es gab nun in ihm nichts als diesen Blick; dieser Blick füllte ihn aus. Es war Staunen, es war Erschrecken, es war Freude, aber auch Furcht. Der Blick drang tief in ihn ein, er ließ ihn eindringen, tief und tiefer, bis in ihm nichts mehr war als dieser Blick aus Elules dunklen Augen. Er ging versonnen einige Schritte und traf auf Urlungal.

„Elule hat mich angeschaut", sagte er nach einer Weile.

„Na und?" fragte der Freund.

„Sie hat mich angeschaut, und ich sehe vor mir immer nur sie und diesen Blick, und ich kann an nichts anderes mehr denken".

„Komm, lass uns zu den anderen gehen, dann kommst du auf andere Gedanken." Urlungal wollte ihn ablenken.

„Ich kann nicht auf andere Gedanken kommen, und ich glaube, ich will es auch nicht."

Urlungal lachte: „Du hast dich verliebt, uferlos verliebt!"

„Verliebt klingt so banal, so belanglos, so bedeutungslos! So ist es bei mir nicht! Ihr Blick hat mich so ins Innerste getroffen, dass in mir alles ganz leer und gleichzeitig ganz voll ist, randvoll, zum Überlaufen voll, so voll, dass ich jetzt mit mir alleine sein muss, um das alles zu erfühlen. Es ist so aufregend und doch gleichzeitig so schön! Es ist das Bewegendste, was ich je erlebt habe".

Tasadum ging einige Schritte und ließ immer wieder das Bild von Elule in sich aufsteigen und von ihrem Blick, der in seiner Vorstellung immer länger anhielt. Er fing an, die Erinnerung an diesen Blick zu genießen, und er traute sich, große Freude und ein Glücksgefühl in sich aufsteigen zu lassen. Er trabte einige Schritte, fiel dann in Galopp, sprang in die Höhe und reckte sein Horn hoch hinauf.

Er würde in Zukunft mit Elule zusammen sein. Das große Glück im Leben sah er vor sich. Die Blumen erschienen ihm so vielfältig und bunt wie nie zuvor, während er sich im weiten Gelände, abseits seiner Herde, fortbewegte, eine Weile im Schritt und eine Weile im Trab, vorangetragen von Unruhe und Jubel.

Es war längst Mittag geworden, und er hatte inzwischen kaum gegrast und fing auch jetzt nicht an zu grasen. Er sah immer wieder in die heute besondere Weite der Landschaft, gleichzeitig ließ er das Bild von Elule und ihrem Blick zu ihm in sich aufsteigen, erfüllt und tief bewegt von der neuen Unruhe in seiner Seele. Es betraf ihn nicht, dass die anderen Tiere seiner Herde, weit entfernt, friedlich grasten. Er ging weiter umher in seinem seelischen Abenteuer und gelangte einige Schritte in den Wald, wo es etwas schattiger war. Er bemerkte einen leichten Geruch, fremd und betörend. Er fand dort am Boden einige Pilze, von denen dieser Duft ausging, ein Duft, der ihm weitere Entrückung zu verheißen schien, und im Übermut seiner überwältigenden Gefühle naschte er von der verführerischen Frucht am Boden.

Urlungal hatte jetzt ein Auge auf ihm, immer wieder sah er zu seinem fernen Freund, der sich heute so befremdlich absonderte. Es war schon später Nachmittag, als er Tasadum zwischen die Bäume treten sah. Er war mittlerweile ein wenig besorgt, und, um ihn nicht aus den Augen zu verlieren, eilte er in seine Nähe. Und er sah, dass Tasadum begann, an einigen Pilzen, die dort standen, und die von Pferden meist gemieden werden, weil sie fremd riechen, zu schnuppern und von ihnen etwas zu fressen. Als er Tasadum bald wieder auf das freie Gelände zurückkehren sah, war Urlungal wieder etwas beruhigt, und begab sich zurück zur Herde.

Die Sonne stand dicht über dem Horizont, in Tasadums hocherregte Seele trat Friede ein, eine Seligkeit breitete sich groß in ihm aus. Während die Sonne unterging, ließ er sich zu Boden sinken, zu stark war die Erregung des Tages gewesen, die Beine hatten behutsam nachgegeben. Er hörte noch einige Vögel letzte Melodien singen.

Berauscht von der Fülle und Größe seiner Gefühle, überließ er sich einer ihn völlig ausfüllenden Zufriedenheit. Er spürte sich vom Boden abheben, er schwebte schon dicht unter den Wipfeln der nahen Bäume, er sah erste Sterne aufleuchten und hob sich zu ihnen empor – während sein schöner Körper, vergiftet vom Pilz, sterbenskrank am Boden lag.

Sein Freund Urlungal hatte von ferne bemerkt, wie Tasadum sich hinlegte. Die Herdentiere hatten sich auch schon weitgehend abgelegt, aber dass Tasadum so fern von den anderen Tieren lag, gefiel ihm nicht: Wegen der Raubtiere bleiben Pferde besonders nachts nahe beieinander, und so allein liegend konnte Tasadum leicht ein Opfer von Bären oder Wölfen werden. Beunruhigt lief Urlungal zu seinem liegenden Freund und erschrak, als dieser sich nicht regte und auf seine Aufmunterung aufzustehen nicht reagierte. Tasadum atmete nur ganz schwach und rührte sich auch nicht, als Urlungal ihn mit seinem Maul anstieß. Er war ratlos, was das zu bedeuten hatte, ihm war nur klar, dass Tasadum in Gefahr war, dass er möglicherweise sterben würde, und dass er, Urlungal bei ihm bleiben müsste, um über ihn zu wachen. Helfen könnte er ihm zwar kaum, wenn Raubtiere kämen, aber er blieb bei ihm, trotz der Gefahr, der er sich selbst hier, fern der Herde, aussetzte, denn Tasadum war sein Freund, sein Freund, für den er schon manches Mal Verantwortung übernommen hatte.

Er blieb bis zur Morgendämmerung bei Tasadum. Er fühlte es mehr als dass er es wusste, wie überlebenswichtig es für Tasadum war, immer wieder, wenigstens kurz, auf die Beine zu kommen, um einige Schritte zu gehen und um sich auf seine andere Seite zu legen, wie alle Pferde es zu tun pflegen. Urlungal zwang ihn mehrmals dazu, aber Tasadum konnte sich immer nur für wenige Momente auf den Beinen halten und sank dann wieder wie betäubt nieder.

Es war fast ein kleines Wunder, dass sich kein Raubtier eingefunden hatte, oder richtiger, dass die Räuber sich ferngehalten hatten. Es waren Wölfe ganz in der Nähe gewesen, zitternd und voll Schrecken hatte Urlungal es bemerkt, aber sie hatten sich dann doch zurückgezogen.

„Dein Freund wird sterben, wenn nicht bald Hilfe kommt", sagte da eine Stimme hinter ihm. Urlungal hatte erneut Grund sich zu erschrecken. Er drehte sich um und sah eine im Mogenlicht etwas glitzernde Gestalt, die fast durchsichtig dort stand. Sie hatte Flügel und in der Hand hielt sie einen langen Speer, der auf dem Boden aufgestützt war.

„Du musst keine Furcht vor mir haben", sagte die Gestalt, „ich bin ein Genius, die Göttin Inanna hat uns hierher geschickt, als sie sah, wie Du hier fern deiner Herde bei deinem Freund geblieben bist, um ihn zu behüten. Es war für uns nicht schwer, die Wölfe fortzujagen."

Urlungal war so voll Staunen und Erregung, dass er gar nicht all die Fragen ordnen konnte, die vor ihm auftauchten:

„Ein Genius ? Inanna ?" Er wusste aus Erzählungen der älteren Einhörner von ihnen, aber die waren eben für ihn nur Gestalten aus Erzählungen gewesen. Die Gestalt war ihm sehr unheimlich, aber doch fühlte er sich etwas erleichtert, dass er nun nicht mehr ganz alleine hier fern der Herde bei seinem hilflosen, kranken Freund war. Er hatte weitere Fragen:

„Was für eine Hilfe für seinen Freund konnte es denn geben?" dachte er. „Warum sprach der Genius von ‚uns', so als gäbe es da noch jemand anderes ?, warum konnte er die Sprache des Genius verstehen ?"

Es waren so viele Fragen gleichzeitig, dass er er kein Wort hervorbrachte.

Die halbdurchsichtige Gestalt sagte: „Der andere Genius, der mit mir hierhergekommen ist, sucht den Nabu auf, der wird mit Heilkräutern kommen. Du weißt, wer Nabu ist ?"

Nach dieser direkten Frage überwand Urlungal seine Aufregung: „Ja, er war ein Menschenjunge, der in unserer Herde aufgewachsen ist, aber ich kenne ihn kaum, er kommt nur selten zu uns und ich verstehe seine Art, Ashnans Sprache zu reden nicht, aber die älteren Einhörner der Herde, die verstehen ihn, und die können mit ihm sprechen." Der Genius sagte nichts weiter, blieb aber, halbdurchsichtig wie er war, stehen.

Nicht lange nach Sonnenaufgang tauchte Nabu auf, und zur gleichen Zeit stand nun bei bei dem einen Genius ein zweiter. Nabu begrüßte voll Ehrfurcht den Genius, der Wache gehalten hatte, und wandte sich dann den beiden Einhörnern zu. Er sah, dass Tasadum todkrank war und fragte Urlungal: „Was ist passiert, dass der so leblos dort liegt ?" Er fragte es in seiner Form von Ashnans Sprache, die Urlungal nicht verstand. Daher konnte Urlungal ihn jetzt nur ratlos ansehen. Die Genien dagegen hatten ihn verstanden, sie kennen und können alle Sprachen, selbst das einmalige Ashnan von Nabu.

„Er will wissen, ob etwas Besonderes geschehen ist, dass das liegende Einhorn so krank ist", übersetzte der erste Genius; er musste lächeln, dass er hier, als Erhabener, nur die Rolle des Übersetzers hatte.

„Danke , verehrter Genius", sagte Nabu, „ich erinnere mich, dass ihr eigentlich nicht mit uns Unerhabenen sprechen sollt. Könnt ihr mir aber doch sagen, was zu dieser Erkrankung geführt hat ? Schließlich habt ihr mich ja hierhergerufen."

Aber da fing Urlungal schon an zu erzählen, was er beobachtet hatte, und das konnte Nabu jetzt verstehen, denn

Ashnans Sprache zu verstehen hatte er ja gelernt.

„Er heißt Tasadum, und er hat sich schon den ganzen vorigen Tag seltsam benommen, weil er sich veliebt hatte, aber ich glaube, das Schlimme war, dass er von einem Pilz gegessen hat, von dem wir sonst nicht fressen. Danach ist er zusammengesunken und nur ganz kurz mal aufgestanden."

Urlungal führte Nabu zu der Stelle im Wald, wo Tasadum vom Pilz gefressen hatte.

„Ja, den Pilz kenne ich", sagte Nabu, „der ist sehr giftig, für Menschen, aber auch für Tiere. Zuerst berauscht er und hebt einen in eine andere, leichte selige Welt, aber dann wirkt er meist tödlich, wenn man nur ein wenig zu viel davon genascht hat."

„Und wird Tasadum daran sterben?", fragte Urlungal ver-zweifelt.

Nabu wandte sich an die Genien: „Ich habe es ja erlebt: Ihr Erhabenen behütet zuweilen einige besondere Einhörner, so auch damals En-Gal, zusammen mit mir. Ihr habt mich heute hierhergeholt, und ich will mich gerne um Tasadum kümmern, so gut ich kann. Ich werde mich jetzt hier umsehen und einige Kräuter und Gräser sammeln, auch Wurzeln ausgraben, die Tasadum heilen könnten. Aber wir müssen ihn dann dazu bringen, diese Medizin auch zu fressen, hierzu müssen wir ihn dann irgendwie ermuntern."

Die Genien übersetzten auch dies für Urlungal. Nabu machte sich auf den Weg.

„Ich habe seit gestern Abend versucht, ihn zu einer Regung zu ermuntern," sagte Urlungal, „aber er erhebt sich nur manchmal und nur für wenige Minuten und sinkt dann immer gleich wieder zusammen und ist nicht mehr ansprechbar, obwohl ich Tasadums bester Freund bin."

„Sagtest du nicht, Tasadum hätte sich am Tag zuvor ver-liebt?", fragten die Genien.

Urlungal sah zu den Genien auf und nahm erleichtert ihre Idee auf: „Wenn die jung Stute, die Elule, in die er sich verliebt hatte, hier wäre und auf ihn einreden würde, vielleicht könnte dann ein Fünkchen Leben in ihm erwachen."

Die Genien nickten ihm zu, und er galoppierte davon, zu seiner Herde. Er kam auch bald zurück, mit Elule und mit einer etwas älteren Einhörnin, Uras. Sie war die Schwester von En-Gal, der kleinen, nicht mehr lebenden, lahmen Einhörnin, mit der Nabu seinerzeit fast geschwisterlich groß geworden war. Sie war also eine Art Stiefschwester von Nabu und wollte ihn jetzt gerne wiedersehen und wollte übersetzen helfen, denn sie wusste, Tasadum konnte Nabus Art der Ashnan-Sprache ja nicht verstehen.

Genien halten sich, wie die Götter, meist fern von den Unerhabenen und reden nicht mit ihnen. Aber hier hatten sie mittlerweile Gefallen daran gefunden, in das Geschehen um Tasadum einbezogen zu sein, und sie nahmen teil am Übersetzen und und äußerten sich hier und da von sich aus.

„Nabu kommt gerade zurück", riefen sie.

Urlungal konnte ihn zwischen den Büschen noch nicht sehen und fragte: „Hat er denn Heilkräuter dabei ?"

„Er hat einen Arm voll Grünzeug dabei !"

„Dann soll Elule jetzt darangehen, ihn aufzumuntern", in diesem Sinne redeten nun alle durcheinander: Urlungal, Uras und auch die Genien. Elule konnte sich gut an die kurze Begegnung mit Tasadum erinnern, und ihr hatte gefallen, wie er sie mit seinem leuchtenden Blick angeschaut hatte. Deswegen war sie auch ohne lange zu zögern mit Urlungal mitgegangen, als er sie aufforderte, zum kranken Tasadum zu kommen.

Sie beugte sich zum teilnahmslos, flach am Boden liegenden Kranken, schnupperte an seinen Ohren, an seinen Augen, an seinem Horn, fuhr schnuppernd an seinem Hals entlang und schnaubte dabei leise. Kaum merklich bewegten sich seine

Augenlider. Sie schnupperte weiter an seinem Kopf, schnaubt wieder behutsam, bis er seine Augen öffnete. Elule ging sehr einfühlsam mit ihm um, schnupperte weiter an seinem Kopf, auch an seinem Maul und schnaubte immer wieder leise und ließ ihn so die körperliche Nähe und ihren Atem spüren. Seine Augen waren jetzt offen, er versuchte seinen Kopf zu heben, der sank aber gleich wieder zu Boden. Was er wahrnahm, war ungewohnt vieles und durcheinander: seinen Freund Urlungal, den Nabu, Einhörnin Uras, die beiden halb durchsichtigen, glitzernden Genien, und er sah Elule, und so ganz, ganz langsam erkannte er sie durch seine tiefe Benommenheit. Wieder wollte er seinen Kopf heben, aber die Kräfte reichten nicht.

„Wenn du zu Kräften kommen willst, musst du jetzt von diesen Kräutern fressen", sagte Nabu, und hielt ihm einige Halme der Heilkräuter vor das Maul, aber Tasadum und Urlungal verstanden diese Sprechweise nicht.

Uras und die Genien übersetzten es und fügten hinzu: „Es sind Heilkräuter, und die brauchst du jetzt!"

„Du musst von diesen Kräutern fressen", sagte Urlungal zu ihm, „bitte friss, sonst musst du sterben!"

Mit leisem Schnauben raunte Elule in sein Ohr: „Friss die Kräu-ter, bitte!"

Als Tasadum sich immer noch nicht rührte, riefen die beiden Genien mit Nachdruck: „Friss doch jetzt endlich von den Kräutern!"

Tasadum fasste mit seinen Lippen nach einigen Halmen, die da vor ihm lagen, kaute ein wenig darauf und schluckte sie dann nach einiger Zeit. Elule fuhr fort, an seinem Kopf zu schnuppern und leise zu schnauben.

„Komm, friss doch weiter", ermunterten Urlungal und Uras.

„Du solltest noch mehr fressen!" riefen die beiden Genien.

Es dauerte sehr lang, bis Tasadum den ganzen Strauß gefressen hatte, immer noch auf der Seite liegend. Dann aber stand er kurz auf und trank auf wackligen Beinen aus dem nahen Bach, sank dann aber gleich wieder nieder und legte sich flach wie zuvor. Nabu war inzwischen fortgegangen, und kam mit einem weiteren Strauß von Gräsern und Kräutern zurück.

Urlungal war erschöpft eingeschlafen, denn er war in der vergangenen Nacht gar nicht zur Ruhe gekommen, Elule und Uras waren bei Tasadum geblieben, behüteten seinen Dämmerschlaf und ermunterten ihn, wenn er einmal wach wurde, und drängten ihn, weiter von den Heilkräutern zu fressen. Die beiden Genien blieben am Krankenlager, bei den beiden Freunden, bei Elule, bei Uras, die auch geblieben war, und bei Nabu; Sie blieben mehrere Tage und Nächte, so dass Raubtiere sich schnell wieder zurückzogen, wenn sie nahe gekommen waren. Sie blieben, bis Tasadum wieder gesund war.

Die beiden Genien machten sich Gedanken über die Einhörner und darüber, warum die Götter sich manchmal so um das Treiben dieser Erdenbewohner kümmerten und sie, die Genien, hierher geschickt hatten:

„Die Einhörner sind so freundliche Tiere, auch wie sie mit den anderen Pferden zusammen leben."

„Sie können so hilfsbereit sein und aufopferungsbereit".

„Es gibt so neugierige unter ihnen, besonders die jungen Einhörninnen."

„Es gibt keine anderen Tiere, die so viel miteinander reden und so aufmerksam die Welt betrachten."

„Und es gibt keine anderen, die so viel Sinn für die Schönheit der Welt, der Natur, haben."

„Und sie sind meist so fröhlich und spielen und tanzen miteinander."

„Ich glaube, die Götter mögen die Einhörner einfach gern".

„Ich mag sie auch gern !"

„Ich auch !"

Nabu

Etwas entfernt von dem kleinen Ort Nagor führte ein steiles Tal aufwärts zu einer Stelle, an der die Felsen von beiden Seite so enge beieinander standen, dass nur gerade zwei Menschen nebeneinander in die Lücke hineinsteigen konnten. Über die beiden Felsen hin war vor sehr langen Zeiten ein riesiger Felsbrocken derart gefallen, dass ein abgedeckter Gang entstanden war, höher als ein großer aufrecht gehender Mann. Vor dem Zugang, wie ein kleines offenes Felsentor, wuchsen dicht Sträucher, so dass er unentdeckt geblieben war.

Auf einem seiner einsamen Gänge ins Gelände, Nabu war auf der Suche nach Heilkräutern, bemerkte er die Öffnung. Er zwängte sich durch das Gebüsch und schaute in die Gangöffnung hinein und sah weiter hinten an dessen Ende Tageslicht schimmern. Über unregelmäßiges Gestein gelangte er an das Ende des Ganges und sah vor sich – etwas unterhalb – ein weit ausgebreitetes ebenes Tal, rings umgeben von Felswänden. Es wuchsen hier Bäume, Büsche, Gras auf großen Wiesenflächen und Kräuter, und es gab einen Quellbach, der wohl irgendwo hinten in eine Felsspalte wieder versickerte. Wie ein Wunder lag dieses Paradies vor ihm. An den folgenden Tagen erkundete er das Tal und stellte fest, dass es hier keine Menschen und offenbar auch keine größeren Tiere und damit auch keine Raubtiere gab. Er behielt diese Entdeckung als Geheimnis für sich. Diesen verwunsche-

Platz wollte er so lange wie möglich ganz für sich alleine, als sein kleines Reich behalten. Wenn er dieses Gebirgstal wieder aufsuchte, tat er es so, dass es niemand bemerken konnte, und er bemühte sich, auf seinem Weg dorthin keine Spuren zu hinterlassen.

Er hatte mittlerweile eine eigene kleine Landwirtschaft und konnte gut mit Tieren umgehen. Er hatte ein Pferd, auf dem er reiten konnte. Durch seine Tätigkeit als Heilkundiger kannte Nabu die Leute seines Dorfes, aber schon weil er stumm war, hatte er keine Freunde im Ort, auch mied er nach wie vor Geselligkeiten und blieb meist allein und sonderte sich ab. Die eher lebhaften Menschen im Ort legten mit der Zeit keinen Wert auf seine Gesellschaft, weil sie unsicher waren, was in seiner Stummheit und Abgesondertheit in ihm vorgehen mochte. In seinem Wesen war eine Fremdheit und Schwermut, so als wären seine Gedanken und seine Phantasien in einer anderen Welt, fast so, als hätte er noch nicht von seiner Pferde- und Einhornvergangenheit ganz in die Gegenwart bei den Menschen gefunden.

Aber die Menschen im Ort kannten seine Vergangenheit, sie wussten von seinen Erlebnissen bei den Einhörnern, denn nachdem er von Ninsanga das Lesen und Schreiben gelernt hatte, war er darangegangen, auf vielen Tontafeln niederzuschreiben, wie er bei den Tieren groß geworden war. Auch die Geschichten, die sich die Einhörner untereinander aus ihrer eigenen Vergangenheit und der Vergangenheit ihrer Vorfahren erzählten, auch von deren Begegnungen mit Göttern, hatte er niedergeschrieben. Und Ninsanga las bei Gelegenheit den Menschen in Nagor aus diesen Geschichten vor. Diese Tontafeln sind bis auf den heutigen Tag erhalten geblieben und liegen, zusammen mit En-Gals Horn, in einem geheimen Versteck.

Besonders ein junges Geschwisterpaar war oft dabei, wenn Ninsanga vorlas: der schon herangewachsene Nammaja und seine noch fast kindliche Schwester Giza. Sie besuchten auch gelegentlich Ninsanga in ihrer Hütte, wo die freundliche Dame ihnen beiden aus den Geschichten vorlas, so dass Nammaja und Giza sich in der Einhornwelt bald zu Hause fühlten.

Nabu schaute gelegentlich herein, freute sich, dass seine Geschichten die beiden Geschwister so bewegten, und fasste mit der Zeit Zutrauen zu ihnen. Den Jüngling Nammaja mochte er, ihm gegenüber überwand er seine Menschenscheu, und als Nammaja alt genug war, fragte Nabu ihn, wobei Ninsanga übersetzen musste:

„Magst du dich nicht auch mit Heilkräutern auskennen?"

„Ja, ich bewundere dich, wie du die Kräuter alle kennst und wie du Menschen mit ihnen heilen kannst. Das würde ich auch gerne können!"

„Das kann man lernen, so wie ich es von Ninsanga gelernt habe."

„Nabu, ich würde es gerne lernen. Wenn du es mir zutraust und wenn du die Mühe auf dich nehmen würdest, ich würde es gerne von dir lernen, auch deswegen, weil ich dann viel mit dir zusammen sein könnte."

„Ich traue es dir zu, und ich biete es dir auch deswegen an, weil ich einen Gefährten suche, der mir hilft und später mich auch vertreten könnte. Glaubst du, dass deine Schwester Giza auch Gefallen daran finden könnte? Je mehr von uns die Kenntnisse des Heilens haben, desto sicherer sind diese Fähigkeiten bewahrt. Wenn du, oder sogar ihr beide euch mit den Heilkräutern auskennt, würde ich euch dann auch - wenn ihr es mögt - darin einweisen, wie man kranken oder verletzten Menschen und Tieren helfen und ihre Schmerzen lindern kann oder sie sogar heilen kann."

„Ich bin jetzt sehr aufgeregt, wo du mir das anbietest, und ich kann sofort ja sagen. Ich glaube, dass auch Giza gerne mitmachen würde. Sie bewundert ja auch sehr, wie du mit

Krankheiten und Verletzungen umgehen kannst."

All dies hatte die beiden in der sehr umständlichen Ashnan-Sprache beredet, und darum hatten sie auch viel Zeit dazu gebraucht. Giza war glücklich, dass sie in die großen Aufgaben mit einbezogen werden sollte und stimmte sofort zu.

Die Geschwister hatten vielfach erlebt, wie Nabu mit Ninsanga sprach, aber um mit ihm zusammenzuarbeiten, war es notwendig, dass sie ihn direkt verstehen lernten, ohne Übersetzung durch Ninsanga. Es dauerte einige Zeit, bis sie das Notwendigste verstehen gelernt hatten, und aus Spaß hatten sie dabei auch eingeübt, in Nabus Ashnan mit seinen fremdartigen Körperbewegungen, seinen Gesten und seiner Mimik, selbst zu reden.

Nammaja und Giza lernten mit der Zeit, die Heilkräuter von anderen Pflanzen zu unterscheiden, Nabu zeigte ihnen auch einige Bäume, deren Blätter oder Rinde Heilstoffe enthielten. Bald nahm er sie mit zu kranken oder verunglückten Menschen oder Tieren und zeigte ihnen die Anwendung der Heilmittel.

Sie konnten ihn nun so weit vertreten, dass er sich für einige Tage zu seiner Herde Ur-Nanse begab. Einige ihm vertraute Einhörner lebten noch, Uras und die sehr alt gewordene Aruru erkannten ihn wieder und begrüßten ihn. Mit ihnen und drei anderen und mit zwei Pferden, die auch Ashnan gelernt hatten, konnte er sprechen, so dass sie ihn verstanden. Ihn überkam Heimweh nach den Tieren, er merkte, dass ein großer Teil seiner Empfindungen bei ihnen verwurzelt war. Sein Wunsch war, sich mit möglichst vielen von ihnen vertraut zu machen. Er sagte zu sich: „Ich mag ihren Geruch, ich mag ihre sanfte Art, ich mag ihr Schnauben und ich mag, wie sie miteinander umgehen, sich die Mähnen kraulen oder miteinander spielen und toben. Ich habe es so vermisst in den letzten Jahren! Mit ihnen, mit allen von ihnen, die Ashnan reden, sprechen zu können, dass sie meine Art Ashnan zu reden verstehen, das ist im Moment mein größter Wunsch!"

Er wandte sich an Uras und Aruru mit der Frage, ob sie ihm helfen könnten, sich diesen Wunsch zu erfüllen. Die beiden freundlichen Einhorndamen schätzten und liebten ihn, nickten sich zu, und meinten:

„Wir können es ja versuchen, er hat ja damals so großartig den Tasadum von seiner Pilzvegiftung gerettet. Versuchen wir es doch ihm zuliebe, und wer weiß, vielleicht brauchen wir seine Hilfe wieder einmal, und die Götter scheinen ja mit ihm zu sein."

Sie riefen einige Einhörner und auch dieses und jenes Pferd, das Ashnan zu sprechen verstand, zu sich, machten ihnen klar, worum es ging, und zeigten ihnen, wie sie sich mit Nabu unterhielten, und übersetzten jeweils, was er gerade geäußert hatte.

„Das soll Ashnan sein?" riefen sie und lachten, weil ihnen die fremdartigen Bewegungen, Verrenkungen und Grimassen, mit denen Nabu sich ausdrückte, so seltsam und abartig vorkamen.

„Für euch mag das lächerlich aussehen, aber wir verstehen ihn", erklärten Uras und Aruru, „er ist ja seinerzeit bei uns aufgewachsen, wir hatten ihn als Baby gerettet und großgezogen, und wir fanden es immer großartig von ihm, wie er sich bemühte, sich so gut er kann mit uns zu verständigen. Er spricht ja dieselbe Sprache wie wir, nur drückt er sie anders aus. Wenn wir uns ein paar Tage lang die Zeit nehmen, uns immer wieder mit seiner Redeweise vertraut zu machen, wir glauben, ihr könnt dann bald auch mit ihm reden. Er möchte es so gerne, weil er uns so gern hat. Wir können es ja ein wenig wie ein Spiel nehmen."

Die Vorstellung, die Verständigungsübungen mit Nabu als Spiel anzugehen, fand Anklang bei den versammelten Rössern mit und ohne Horn, und nach wenigen Tagen plauderten sie mit Nabu aufgeregt durcheinander, ohne alles von ihm zu verstehen, aber mit viel Spaß. Als er einige Wochen später wieder die Herde aufsuchte, waren sie schon sehr zutraulich zu ihm, und zum Schluss konnten sie ihn ganz gut verstehen.

Wenn Nabu zu Hause von seinen Erlebnissen mit der Pferdeherde mit Einhörnern erzählte, spürten Giza und Nammaja, wie viel ihm das Zusammensein mit den Tieren bedeutete. Sie baten Nabu, sie doch einmal mitzunehmen und sie auch mit den Tieren vertraut zu machen. Vor allem: Sie kannten ja die Geschichten von den Einhörnern, hatten aber noch nie Einhörner gesehen, und auf sie und darauf, wie Nabu mit ihnen umgehen würde, waren sie unendlich neugierig.

Als die Herde Ur-Nanse wieder einmal in der Nähe war, wanderten die drei zu ihnen auf die durch Büsche unterbrochene Weide und näherten sich behutsam, Nabu weit voran, der sich Urlungal ausgeschaut hatte, der am Rand der Herde graste. Er mochte Urlungal besonders wegen seiner verlässlichen und ruhigen Art; Urlungal hatte sich bei den vorangegangenen Besuchen von Nabu mehr als die anderen Vierbeiner dabei hervorgetan, Nabu in seiner Ashnan-Sprechweise verstehen zu lernen. Mit ihm und mit Tasadum, der sich auch nahe dabei aufhielt, schlenderte Nabu weiter in die Herde hinein, bis sich die anfängliche Aufregung bei den Tieren gelegt hatte. Dann rief er Giza und Nammaja zu sich. Mit der Zeit hatten sich auch andere Rösser genähert, die Nabu bei seinen Besuchen kennengelernt hatten, und freuten sich offensichtlich über die Abwechslung, die dieser Besuch bot. Nabu begrüßte einige, indem er mit einer Hand in ihre Mähnen griff. Dann stellte er die beiden Menschen vor, mit denen er gekommen war.

„Diese ist eine Menschenstute", sagte er und stellte sich zu Giza, „und der andere ist ein Menschenhengst, so wie ich selbst eben auch ein Menschenhengst bin. Sie sind gute Freunde von mir, meine besten Menschen-Freunde."

„Können sie auch so mit uns sprechen wie du?"

Nabu übersetzte, was die Einhörner gefragt hatten. Giza sagte:

„Wir verstehen nicht, wie ihr sprecht, wir erkennen sogar kaum, dass ihr sprecht. Aber Nabu hat uns so viel von euch erzählt, dass wir euch sehen wollten und euch kennenlernen wollten. Es ist so wunderschön hier, die große Wiese mit den Büschen und dass ihr so viele seid, Pferde und Einhörner zusammen, eure große Herde!"

„Ist es bei euch Menschen nicht so schön? Habt ihr nicht so eine große Wiese?"

Giza und Nammaja merkten, dass die Tiere sie anschauen, sie sahen, wie die Tiere schaukelten, aber nur ein wenig, kaum merklich, ihre Schultern bewegten, auch mal mit den Köpfen nickten, ein wenig mit dem Schweif schlugen oder mit den Ohren wackelten.

„Habt ihr gemerkt? sie reden mit euch, sie fragen, wie es bei uns Menschen zu Hause ist. Ich selbst habe mit ihnen nie darüber gesprochen", sagte Nabu.

Nammaja antwortete: „Wir leben nicht auf einer Wiese, wir essen auch nicht Gras, sondern machen uns einen Brei aus Körnern, und den backen oder kochen wir auf einem Feuer."

Er hätte gerne noch mehr erzählt, wie die Menschen leben, aber das wäre für jetzt zu viel geworden. Und dann sagte Giza: „Nabu erzählte uns, dass ihr auch Ashnan redet, und das soll genauso sein wie das, was wir uns jetzt zu sprechen bemüht haben, aber bei euch sieht es ganz anders aus, viel weniger umständlich als bei uns. Ich glaube, ich würde euch gerne verstehen lernen, ebenso wie Nabu euch versteht."

Die Tiere hatten langsam Vertrauen zu Giza und Nammaja gefasst, und so ging das Fragen und Antworten noch eine Weile weiter. Und endlich wurde verabredet, dass Giza und Nammaja mit Nabu wieder kommen sollten, um mit der Zeit die Ashnan-Sprache der Einhörner verstehen zu lernen.

Es waren mehrere Besuche von Giza und Nammaja bei den Pferden notwendig, bis sie die Einhornsprache ausreichend verstanden, und Nabu musste immer als Übersetzer dabei sein. Es ging bei diesen Übungen eher fröhlich als ernst zu, und wenn es ein Missverständnis oder einen Versprecher gab, bot sich oft Gelegenheit zu großem Gelächter. Es war eine vergnügte Runde, zu der sich ganz nach Laune eine wechselnd große Anzahl von anderen Tieren dazugesellte.

Nabu hielt dabei stets den aufmerksamen Urlungal und auch dessen früher etwas verträumten Freund Tasadum im Auge. Auch Elule, seinerzeit Tasadums große ungehörnte Liebe, bezog er gerne in die Sprachübungen ein. Er konnte nicht sagen warum, aber er fühlte sich für die Einhörner verantwortlich und wollte wenigstens in dieser Herde einige verlässliche Partner finden, so wie er in Giza und Nammaja, und auch in Ninsanga, verlässliche Menschenpartner hatte.

Nabus und Nammajas Reise nach Lagash

Vor vielen Jahren hatte sich folgendes ereignet: Eins von Ninsangas Schafen hatte eine große offene Wunde am Bein. Als Ninsanga das Tier fand, war die Wunde offenbar schon einige Tage alt und roch bereits nicht gut. Ninsanga hatte nur ein Tuch dabei, das zum großen Teil vom Saft einer Jekose feucht war. Sie versorgte die Wunde mit diesem Tuch und überließ das Tier sich selbst. Als sie einige Tage später das Schaf wieder sah, erschrak sie, denn an dem Tuch hatte sich ein bläulicher Belag von Schimmel gebildet. Voll Angst wickelte sie das Tuch ab und stellte mit Staunen und Erleichterung festgestellt, dass die Wunde darunter fast geheilt war. Als sie wieder mit einem derart verletzten Tieren zu tun hatte, fiel ihr die seltsame Heilung mit dem verschmutzten Tuch ein, sie umwickelte die Wunde mit einem Tuchstreifen, das von Fruchtsaft feucht war. Nach einigen Tagen bildete sich zwar auch ein Schimmelbelag, aber das Tier starb an der Verwundung.

Eines Tages wurde sie zu einer Frau im Dorf wegen einer Fiebererkrankung gerufen. Während sie die Frau behandelte, sah sie, dass bei deren Mann ein Bein mit einem breiten Tuchstreifen verbunden war, der ziemlich verschmutzt aussah, und auf dem sich bereits ein bläulicher Schimmelbelag gebildet hatte.

„So kann man doch eine Wunde nicht versorgen!" rief sie

etwas erschrocken, „ich muss mir die Wunde darunter ansehen und sie neu sauber verbinden, wohl sogar zuvor mit einem Heilkraut behandeln. Warum haben Sie denn so ein verschmutztes Tuch verwendet, das kann doch gar nicht gut für eine Heilung sein!"

„Das Tuch war gar nicht verschmutzt, als wir den Verband angelegt haben", sagte der Mann, „es hat auf einer Kiste mit Jekosen gelegen, allerdings waren einige der Früchte schon etwas angeschimmelt. Wir haben das Tuch dann nur etwas weiter angefeuchtet, und danach haben wir den Verband nicht weiter beachtet. Die Wunde darunter hat auch nicht mehr geschmerzt."

Als Ninsanga den schmutzigen Verband abnahm, sah sie mit Erstaunen, dass die Wunde sauber aussah und zu heilen begann. Ihr fiel die Beobachtung mit dem Bein des Schafes ein. Auch bei dem geheilten Schaf hatte sich ein bläulicher Schimmelbelag gebildet, wie hier auf dem Verband des Mannes, und in beiden Fällen hatte das Tuch auf angeschimmelten Jekosen gelegen.

„Jekosen und bläulicher Schimmel", dachte sie bei sich. Bei einer weiteren Behandlung einer großen, böse aussehenden Wunde eines verletzten Armes hatte sie sich getraut, einen Verband mit einem Tuchstreifen anzulegen, den sie zuvor auf den bläulichen Schimmel einer Jekose gelegt hatte, und hatte Erfolg damit.

Diese Erfahrung mit dem Jekoseschimmel lag nun bereits länger zurück, und sie hatte auch Nabu in diese Erfahrung eingeweiht. Beide hatten diese Behandlungsweise gelegentlich wieder und meist mit gutem Erfolg angewendet. Dabei hatten sie aber immer darauf gesehen, dass niemand dabei war, wenn sie den Verband mit dem Jekoseschimmel in Verbindung brachten. Außerdem hatten sie über diesen Verband locker ein sauberes Tuch gelegt, um die Schimmelbildung etwas zu verbergen. Sie hatten Bedenken, dass sie wegen des Umganges mit diesem unsauber erscheinenden Schimmel in einen üblen Ruf geraten könnten.

Nach einigen weiteren erfolgreichen Behandlungen von scheinbar aussichtslosen Verletzungen betrachteten die Bewohner der Vorberge Ninsanga und Nabu fortan als Wunderheiler. Ihre Heilerfolge waren so weit bekannt geworden, dass man sogar am Königshof in Lagash von ihnen gehört hatte.

Dorthin wurde Nabu eines Tages gerufen, und zwei Pferde wurden für ihn geschickt. Er nahm seinen Vertrauten, Nammaja, mit auf die Reise, weil er sich bekanntlich alleine nicht verständigen konnte.

Die beiden staunten über den großen Fluss Tigris, den sie über-queren mussten, über die Größe der Stadt, über die befestigten Straßen und die hohen und festen Gebäude. Hier war alles großartiger als bei ihnen, besonders die Paläste des Königs und der vielen Prinzen und sonstigen Hofangehörigen waren für sie überwältigend.

Nabu und Nammaja hatte man bei einem Haus für Kranke untergebracht. Bald ergab es sich, dass Nabu einen der Prinzen, der sich so unglücklich verletzt hatte, dass die Wunde nicht heilen wollte, mit seinem Schimmelverband erfolgreich behandeln konnte. Diese Heilung verschaffte ihm große Aufmerksamkeit. Enanepada, die Hohe Priesterin des Ninurta, hatte schon gerüchtweise von Nabus Herkunft gehört und rief ihn zu sich, er nahm Nammaja zum Übersetzen mit.

Nach der Begrüßung sprach zunächst Nammaja. Er sagte: „Ich bin Nammaja, der Begleiter und Vertraute von Nabu, dem Heiler. Er kann uns zwar verstehen, aber nicht sprechen, er ist sozusagen stumm und äußert sich nur in einer Körpersprache, die Euch befremdlich sein mag. Erlaubt, ehrwürdige Priesterin, dass ich seine Fragen und Antworten übersetze."

„Ihr kommt aus den Zagrosbergen, hörte ich", sagte sie, „ich war auch einmal dort und möchte mit euch über Einiges dort sprechen."

Bei der Erinnerung an ihre Erlebnisse in den Vorbergen des Zagrosgebirges wurde sie lebhaft und konnte kaum ihre Aufregung verbergen. Sie fragte gleich: „Als ich dort war, hatte ich eine sehr anrührende Begegnung mit einem Einhorn, einem Pferd mit einem Horn auf der Stirn, ein ganz freundliches und ziemlich zutrauliches Tier. Hier gibt es keine Einhörner, kann man bei euch noch Einhörner antreffen?"

Nabu antwortete und Nammaja übersetzte: „Bei uns oben gibt es noch drei Pferdeherden, in denen einige Pferde Hörner tragen. Sie sind sehr freundlich und fröhlich. Anders als die meisten Pferde der Herden sprechen sie miteinander. Und sie erzähle sich auch Geschichten von jetzt und auch von früheren Zeiten."

Nammaja sprach weiter: „Nabu ist bei den Einhörnern aufge-wachsen, darum weiß er besonders viel über sie. In der Art, wie er ihnen gerade geantwortet hat, spricht er mit den Einhörnern, die Sprache heißt Ashnan, und meine jüngere Schwester und ich können auch so mit diesen Tieren sprechen, aber wir drei sind die einzigen, die das können und die die Einhörner an sich heranlassen."

„Du bist bei den Einhörnern aufgewachsen? Wie konnte das so kommen?"

Nammaja antwortete: „Er ist als Baby in einem Höhleneingang ausgesetzt worden, und da haben ihn einige Einhornstuten gefunden, ihn mit ihrer Milch ernährt und ihn dann zusammen mit einem lahmen Einhornfohlen, En-Gal hieß es, großgezogen."

„Und die Raubtiere, Löwen, Bären oder Wölfe, wie konntet ihr euch vor ihnen schützen?", fragte Enanepada.

„Gar nicht" antwortete Nabu, „wenn Raubtiere in die Nähe kamen, brachte En-Gals Mutter, also mein Muttertier,uns immer in die nahe Höhle und rannten dann mit der Herde davon. Und bis die Gefahr vorüber war, und die Herde zurückkehrte, standen zwei schimmernde, fast durchsichtige Gestalten beim Höhleneingang. Sie nannten sich Genien und sagten, sie seien göttlich."

„Und was haben die Genien getan?"

„Sie standen nur am Höhleneingang mit langen Speeren, und die wilden Tiere hatten wohl Respekt vor ihnen und blieben fern. Am Anfang hatten wir auch Angst vor ihnen, aber nachher erlaubten sie uns, mit ihnen zu sprechen, und sie waren dann sehr nett zu uns."

„Und – Nabu –, wie bist du dann zu den Menschen gekom-men?"

„Als ich größer wurde, bin ich einmal in ein nahes Dorf gegangen, und da hat mir eine Frau freundlich zugewinkt, und dann habe ich sie manchmal aufgesucht, und schließlich hat sie mich bei sich aufgenommen. Ich kannte sie schon ein wenig, weil sie mich oft bei den Einhörnern aufgesucht hatte. Sie hatte immer etwas zu essen und zum Anziehen für mich da gelassen, verließ mich aber immer schnell wieder. Wenn sie etwas gesagt hatte, verstand ich es nicht.

Die Frau lebte dort alleine in ihrer Hütte, bis sie mich bei sich aufnahm. Von ihr habe ich die Menschensprache zu verstehen gelernt, und sie lernte dann auch, meine Einhornsprache zu verstehen. Ich wohne jetzt immer noch bei ihr, und sie war es, von der ich auch die Heilkunde gelernt habe." Nammaja übersetzte das alles Satz nach Satz.

Die Priesterin Enanepada wurde bei diesen Ausführungen ein wenig unruhig. Sie sah Nabu lange an und fragte dann: „Diese Frau lebt alleine dort? Sie kennt sich mit Heilkräutern aus?"

„Ja, und ich habe von ihr auch schreiben und lesen gelernt."

„Wie heißt denn diese kluge Frau, die so gar nicht in die rauen Zagrosberge zu passen scheint?"

„Sie nannte sich nur ‚die Kräuterfrau', ihren wirklichen Namen hat sie geheim gehalten, aber mir hat sie ihn doch verraten. Ich weiß nur nicht, ob ich Ihnen den Namen sagen darf."

„Sag den Namen nur, hier weiß ja niemand von dieser Frau, aber ich glaube sogar, ich weiß selbst wie sie heißt."

„Ja?"

Enanepada machte eine Pause: „Ich denke, sie heißt Ninsanga!"

„Ja, Ninsanga, so nannte sie ihren eigentlichen Namen, aber wie können Sie das wissen?"

„Ich als Hohe Priesterin halte mich ja sonst dabei zurück, viel zu erzählen, aber jetzt will ich dir doch einige Zusammenhänge erklären: Als unsere Prinzessin, meine Nichte Arga-A, noch klein war, war sie verschlossen und weltfremd. Wir erfuhren von dem Gerücht, dass in den Zagrosbergen einige Einhörner leben, die gerne gemütskranke, in sich gekehrte Kinder aufsuchen und mit ihnen spielen, und dabei seien diese Kinder aufgeschlossen und fröhlich geworden. Also war ich damals mit dem Kind in die Zagrosberge gefahren, und tatsächlich fand sich ein junges Einhorn, das unsere Arga-A spielend zu einem fröhlichen, gesunden Menschen machte. Auf diese Reise in die Zagrosberge hatte ich damals meine befreundete junge Hofdame Ninsanga mitgenommen, aber eines Tages verschwand sie dort und kehrte nicht mit uns nach Lagash zurück. Ich war sehr traurig darüber, und ich machte mir große Sorgen um sie."

Jetzt konnte Nabu nicht mehr an sich halten, und Nammaja hatte Mühe das, was Nabu nun hastig in Ashnan vorbrachte, laufend zu übersetzen: „Dann sind sie also die Dame, die heranrückenden räuberischen Kerlen laut und energisch etwas entgegen rief, sich dabei groß aufrichtete und einen Arm hoch nach oben streckte. Und dann war da so eine riesige, halbdurchsichtige, schimmernde Gestalt erschienen, vor der die Kerle große Angst bekamen und davonliefen. Dies ist eine der Geschichten, die wir Einhörner uns immer wieder erzählten!" Er sagte in seiner Aufregung tatsächlich „wir Einhörner". Enanepada schmunzelte, als Nammaja das wörtlich übersetzte, und sagte dann:

„Ja, die Dame war ich, und die große schimmernde Gestalt war unser Stadtgott Ninurta, dessen Hohe Priesterin ich jetzt bin, ich bin jetzt unangemessen gesprächig, aber das alles war damals sehr aufregend. Aber nun etwas Anderes: Lebt denn Ninsanga noch, ich würde sie sehr gerne wiedersehen, denn ich habe sie, wie gesagt, besonders lieb gehabt."

„Ja, sie lebt noch und ist im Ort Nagor und in der Umgebung zusammen mit uns beiden als Heilerin tätig."

„Das freut mich wirklich sehr, und ihr merkt, ich bin sehr bewegt. Jetzt möchte ich mit dir aber etwas sehr vertrauliches besprechen – ich gehe davon aus, dass du dich auf deinen Begleiter Nammaja voll verlassen kannst –. Hat Ninsanga jemals angedeutet, du könntest ihr Sohn sein? Ich vermute es jetzt, denn nur so kann ich mir erklären, warum sie damals verschwand und warum sie dich in der Wildnis ausgesetzt hat. Ninsanga hatte damals eine sehr enge Beziehung zu dem Prinzen Enhegal gehabt, einem Sohn des Königs, dem Gudea nachfolgte. Ich denke, dass du dessen und Ninsangas Sohn bist. Sie hatte dich damals geheim halten müssen, denn in der Nachfolge auf dem Thron wärst du eine Konkurrenz gewesen und möglicherweise umgebracht worden. Du bist also, so scheint es mir jetzt, ein königlicher Prinz. Ich nehme aber an, dass du – stumm wie du bist – und nur dein seltsames Ashnan von dir geben kannst, keine Konkurrenz mehr in der Thronfolge darstellst. Übrigens: du bist nach diesen Vermutungen sogar ein entfernter Neffe von mir, denn dein vermuteter Vater ist mein Cousin."

Nabu konnte ganz lange nichts dazu sagen. Er glaubte Enanepada alles, was sie sagte, konnte aber seine Gedanken noch nicht ordnen, so aufregend waren die von Enanepada aufgezeigten Zusammenhänge. Enanepada bemerkte es und sagte:

„Kommt beide in einigen Tagen wieder zu mir. Ich werde mit dem Prinzen Enhegal, also offenbar deinem Vater, Nabu, sprechen und ihm von Ninsangas Schicksal erzählen. Er hat sie seinerzeit sehr geliebt und war nach ihrem Fortbleiben lange Zeit tief betrübt und hat sich vor der Welt verschlossen. Ich werde dich bald zu ihm führen. So wie ich ihn kenne wird er sich große Vorwürfe machen, für ihr Schicksal mit verantwortlich zu sein, und es wird ihm großen Kummer bereiten, dass er Ninsanga in ihrer verzweifelten Situation nicht beigestanden ist.

Außerdem habe ich noch eine wichtige Neuigkeit für dich, welche die Einhörner betrifft. Auch davon dann mehr. Seht euch so lange hier in der Stadt und in der Umgebung um, ich sorge dafür, dass ihr im Palast unterkommt und versorgt werdet. Ich habe mich sehr gefreut, euch kennenzulernen."

Die beiden wurden im Palast herumgeführt, machten einige Be-kanntschaften und lernten auch, wie man sich in herrschaftlicher Umgebung so ganz anders benimmt, als sie es in ihren ländlichen Verhältnissen gewohnt waren. Sie genossen das wohlschmeckende Essen, das sie hier bekamen, sie schliefen in ungewohnt bequemen Betten und ließen es sich gut gehen. Sie ritten auch in die nicht weit entfernte Tempelstadt Girsu und staunten über die prachtvollen Bauten dort.

„Offenbar bin Ich also ein Prinzensohn", sagte sich Nabu, „aber was ändert das für mich ? Wenn ich wollte, könnte ich wohl hier bleiben und ein bequemes, sorgloses Leben führen. Erst heißt es aber noch abwarten, ob mich Enanepada meinem vermutlichen Vater vorstellt, und ob er mich als Sohn anerkennt und meine Prinzenschaft bekanntgegeben wird. Aber noch hänge ich doch sehr an meinem ländlichen

Dasein, an meiner Aufgabe als Heiler, am Umgang mit Tieren, besonders jetzt wieder mit den Einhörnern. Ninsanga, Nammaja und Giza, die drei Menschen, die mich verstehen, unsere schöne Landschaft in den Hügeln mit Wiesen, Büschen und Bäumen, all das ist in meinem Herzen.

Ich glaube, ich sehne mich auch nach Giza, ich weiß nicht warum. Ihr Gesicht, ihre Bewegungen, ihre Stimme, wie sie zu mir spricht. Seltsam, dass ich jetzt an dieses junge Mädchen denke! – Ist sie überhaupt noch ein junges Mädchen?"

Derweil hatte Enanepada ihrem Cousin, dem Prinzen Enhegal, berichtet, was sie über Ninsanga erfahren hatte. „Ja", hatte der Prinz zu Enanepada gesagt, "Ninsanga und ich haben uns sehr geliebt, und ich war lange Zeit sehr niedergeschlagen und verzweifelt, nachdem sie damals nicht von den Zagrosbergen zurückgekehrt war. Sie hat mir auch nie eine Nachricht über ihren Verbleib zukommen lassen. Dass sie ein Kind von mir erwartete, kann sehr gut sein, aber glaube mir, davon habe ich nichts gewusst." Enanepada erzählte ihm vonNinsangas Schicksal und auch, unter welchen Umständen ihr Sohn groß geworden war, zunächst bei den Einhörnern und erst später bei Ninsanga.

Enhegal nahm Nabu und Nammaja mit offenem Herzen auf, glücklich über den Sohn und darüber, durch diesen Sohn wieder eine Verbindung zu Ninsanga zu haben. Bewegt stellte er noch viele Fragen nach ihrem Ergehen. Ihm gefielen die beiden Jünglinge, und er ließ sich auch von ihnen Nabus Lebensgeschichte ausführlich erzählen. Neugierig hörte er sich Nabus Umgang mit den Einhörnern an. Auch noch an einigen Tagen nach diesem ersten Besuch bat er Nabu und Nammaja zu sich und war begeistert von den vielen Geschichten, die Nabu selbst erlebt hatte, und auch von den Geschichten, die die Einhörner sich untereinander immer wieder erzählten. Die Berichte berührten ihn seltsam bis ins Innerste, und in seiner Vorstellung sah er die Einhörner vor sich und fühlte sich ganz bei ihnen. Ganz besonders gefiel ihm die Geschichte vom Tanzen und Galbums Kampf um Bahipa.

Er erkannte Nabu als seinen Sohn an, ließ ihn durch den König, es war jetzt Urningirsu, zum ‚Prinzen in Lagash' erklären. Nammaja wurde bei dieser Gelegenheit wegen seiner treuen und vortrefflichen Dienste an Nabu zum ‚Kammerherrn' ernannt. Enhegal sagte Nabu und Nammaja zu, dass er sie mit all seinen Möglichkeiten unterstützen würde, sollten sie je seine Hilfe benötigen oder gar in große Schwierigkeiten geraten. Schließlich beschenkte er die beiden großzügig, gab jedem eine silberne Schale und einige Hände voll Täfelchen aus Silber und Gold. Die beiden mussten sich allerdings erst erklären lassen, wozu man diese Täfelchen gebrauchen kann, weil bei ihnen zu Hause nur in Tauschgeschäften gehandelt wurde.

Gerade in dieser Zeit war Arga-A zu Besuch nach Lagash gereist, aus der nahen Königsstadt Ur, wo sie mit einem Prinzen am dortigen Königshof verheiratet war. Ihre Tante Enanepada bat sie zu sich und erzählte ihr von den beiden Jünglingen Nabu und Nammaja. Sie fragte:

„Erinnerst du dich noch an unsere Reise in die Zagrosberge, die lange Fahrt dorthin und an des Einhorn, mit dem du dort gespielt hast und herumgetollt bist, und auch an die üblen Burschen, die uns gefangen nehmen wollten, und wie Ninurta uns gerettet hat ?"

„Ach, liebe Tante", sagte Arga-A, „es ist ja so lange her, und inzwischen lebe ich mit meinen beiden Kindern am Königshof in einer so anderen Welt, dass mir meine Vergangenheit nicht wichtig vorkommt. Ich weiß von der damaligen Reise eigentlich nur so viel, wie du mir immer wieder davon erzählt hast. Ich weiß auch nicht, warum ich damals mit in diese Berge reisen sollte. Ja, aber das liebe Tier, das Pferd mit einem Horn am Kopf, das fällt mir jetzt wieder ein, wie es immer bei mir sein und mit mir spielen wollte. Ich merke jetzt erst, dass ich es sehr lieb gehabt habe. Leider gibt es bei uns ja keine Einhörner."

Enanepada war einfühlsam genug, ihre Nichte nicht auf ihre frühe Kindheit in seelischer Dämmerung und in Trübsinn anzusprechen, und erzählte, dass es dort, in den fernen Bergen wirklich Einhörner gäbe. Man hatte mit Arga-A nie über ihre frühere seelische Erkrankung gesprochen, um sie zu schonen.

Sie sagte: „Hier, im Bereich von Euphrat und Tigris gibt es zwar keine Einhörner, aber stell dir vor, der eine von den beiden Jünglingen, Nabu heißt er, ist sogar bei Einhörnern aufgewachsen. Sie haben ihn als Baby in einer Höhle gefunden, weil seine Mutter ihn hat aussetzen müssen. Er kann daher mit den Einhörnern sprechen und kennt viele Geschichten über sie, denn die Einhörner haben eine eigene Sprache, sie erzählen sich selbst immer wieder die Erlebnisse aus ihren Herden und die Erlebnisse ihrer Vorfahren. Es ist wunderbar und manchmal auch wundersam, was die beiden jungen Männer ganz lebendig zu erzählen wissen. Ich meine, du solltest sie kennenlernen, und dir selbst ihre Geschichten anhören, sie sind so freundlich und lieb ! Unser beider Erlebnisse in den Bergen kennen sie auch, allerdings aus der Sicht der Einhörner. Unsere Erlebnisse sind eine von vielen Geschichten, die sich die Tiere immer wieder erzählen. Möglicherweise kann Nabu dir sogar den Namen des jungen Einhorns sagen, das damals mit dir gespielt hat."

Arga-A war neugierig geworden, und auch sie ließ sich an den folgenden Tagen von den beiden Jünglingen viel über die Einhörner berichten. Am meisten bewegte sie die Geschichte, wie Nabu von den Einhörnern gerettet worden war und wie er bei ihnen aufwuchs, und sie begann zu ahnen, dass auch für sie ihre damalige Begegnung mit dem Einhorn sehr bedeutungsvoll war.

„Wisst ihr denn, wie das Einhorn hieß, das damals mit mir gespielt hat?" fragte sie.

„Die Einhörner kennen die Namen von allen Einhörnern, die mit Kindern gespielt haben, und Nabu kennt die Namen auch", sagte Nammaja. „Ich selbst weiß, dass Heda die erste junge Einhornstute war, und der Junge, mit dem sie spielte, war zuerst ganz still und starr. Die Einhörner meinten, er sei vielleicht in seinem Gemüt krank gewesen. Erst mit der Zeit und mit dem Spiel mit Heda ist er munter und fröhlich geworden."

Arga-A merkte kurz auf. „Der Junge war am Anfang sehr still und die Einhörner meinten, er sei vielleicht seelisch nicht ganz gesund gewesen?" fragte sie.

„Ja, so war es," sagte nun Nabu, und Nammaja übersetzte. „Es war eigentlich immer so, dass die Kinder, mit denen die Einhörner spielten, anfangs sehr still und unbeteiligt waren und sehr verschlossen und unglücklich wirkten, sodass sie nicht normal erschienen, und erst durch das Spiel mit den Tieren wurden sie fröhlich und glücklich und eigentlich erst lebendig."

Nach diesen Worten sagte Arga-A sehr lange nichts. Wie schon bei der Geschichte von Nabus Rettung durch die Einhörner meldeten sich in ihr eine Unruhe und eine Ahnung. Eine Erinnerung aus sehr ferner Vergangenheit stieg in ihr auf, noch sehr undeutlich, aber beunruhigend. Sie verabschiedete sich kurz von den beiden Jünglingen und nahm sich einen Tag Zeit, um sich zu besinnen. Erst dann suchte sie ihre Tante Enanepada auf, und die bestätigte ihr ihre Ahnung, dass sie als kleines Kind gemütskrank gewesen war und dass die Reise in die Zagrosberge stattgefunden hatte, um für sie eine Begegnung mit einem derartig freundlichen Einhorn zu suchen.

Arga-A suchte Nabu und Nammaja noch einmal auf und sagte: „Ich erinnere mich erst jetzt, dass ich selbst einmal von einem Einhorn aus kindlicher Seelennot befreit wurde, ich denke, ihr habt es euch auch schon gedacht, da ihr ja all die Geschichten und sogar meine Geschichte mit den Einhornmädchen kennt. Wissen denn die Einhörner, wie das junge Einhorn hieß, das eine sehr junge Prinzessin gesundspielte ?"

„Ja, sie hieß Kubaba" sagte Nabu.

Arga-A war tief berührt, den Namen jetzt zu wissen, bedankte sich sehr herzlich bei den beiden und sagte: „Wenn ich wohl auch nie ein Einhorn sehen werde, so weiß ich jetzt doch wenigstens den Namen dieses einen freundlichen, lieben Tieres. Jetzt erinnere ich mich auch, dass das Einhorn bei jeder Begrüßung seinen Kopf neigte und mich mit seinem Horn am Arm berührte. Ich werde oft an Kubaba denken, an sie und auch an dich, Nabu, an die Geschichte, wie du als Baby von Einhörnern gerettet wurdest. Nabu und Nammaja, ich danke euch. Auch an euch beide werde ich, glaube ich, noch oft denken."

Nabu und Nammaja ließen sich vom Stallmeister die Pferde zeigen, sie wollten auf dem Weg zurück wieder reiten. Sie fanden bald einige Pferde, die Ashnan miteinander sprachen. Drei von ihnen suchten sie sich aus, eins benötigten sie als Packpferd für den Proviant und all die Geschenke, die der Prinz Enhegal, nun als Nabus Vater, ihnen mitgegeben hatte.

Nabus Verantwortung für die Einhörner

Bevor die beiden Freunde, nun als Hofleute, in ihre Heimat zurückkehrten, machten sie noch einmal Besuch bei Enanepada, worum diese ja gebeten hatte.

„Ich wollte euch noch etwas mitteilen, was die Einhörner betrifft", sagte sie. „Neuerdings erfährt man hier von einigen Fremden, die in der Gegend Einhörner suchen wollen, weil deren Hörner angeblich als Medizin gegen mancherlei Krankheiten wirken sollen. Sie wollen die Einhörner jagen, deren Hörner kleinmahlen und das Pulver in ferne östliche Länder verkaufen, wo man viel Gold dafür bekommen kann. Da ihr die Einhörner kennt und liebt und so vertraut mit ihnen seid und euch ihnen nahe fühlt, ist es wichtig, das zu wissen. Als Hohe Priesterin weiß ich, dass die Götter die Einhörner nur mit menschlicher Hilfe vor den Hornräubern schützen können. Nun wünsche ich euch eine gute Heimkehr, und bitte, sagt Ninsanga, dass ich sie sehr gerne wiedersehen würde."

Die beiden Reisenden achteten darauf, dass Ihnen niemand auf ihrem Weg folgte. Sie hatten die letzten Worte der Enanepada über die Einhornjäger im Ohr, die ihnen möglicherweise folgen könnten, um die Standorte der Einhörner herauszufinden. Sie sprachen auch über die Bemerkung von Enanepada, dass die Götterdie Einhörner nur mit menschlicher Hilfe vor den Hornräubern schützen können. Woher sollte diese menschliche Hilfe kommen?

Sollten die Götter vielleicht erwarten, dass sie beide, Nabu und Nammaja, diese Aufgabe zu übernehmen hätten ? Je mehr sie darüber sprachen, desto mehr wurde ihnen klar: „Ja, es wird unsere Aufgabe sein, uns um das Schicksal der Einhörner zu kümmern."

Da erschien vor ihnen, während sie ritten, die große schimmernde, fast durchsichtige Gestalt der Göttin Inanna. Sie sprach zu ihnen.

„Verweilt einen Moment !", sagte sie. „Ich bin Inanna, die Göttin. Ihr wisst, dass ich es war, die vor langer Zeit das erste Einhorn geschaffen hat, Atab, ihn als Urvater aller Einhorn-Nachkommen, die schönsten Wesen der Natur. Ich tat es, um die Schönheit selbst in die Welt zu bringen. Nun ist diese Nachkommenschaft bedroht, durch Wilderer, die aus reinem Eigennutz mit den Hörnern reich werden wollen, und so den Bestand dieser von mir geschaffenen Tiere gefährden. Du, Nabu, sollst, zusammen mit Nammaja, all deine Kraft dareinlegen, die Einhörner zu beschützen. Wir Erhabenen können euch dabei behüten, können euch aber doch nicht in allen schwierigen Situationen zur Seite stehen. Habt Mut, Geschick und Klugheit ! Nun wünsche ich euch beiden zunächst eine glückliche Heimkehr."

Inannas Bild verblasste, sie verschwand. Nabu hörte aber noch, wie aus der Ferne, ihre Worte: „Behüte Tasadum". Nabu erinnerte sich: Tasadum ist der Freund von Urlungal, er hatte sich vor einiger Zeit sterblich in Elule verliebt gehabt und wäre beinahe wegen dieser Liebe gestorben. Inzwischen war aus dem verträumten Einhornjüngling ein besonnener, umsichtiger Hengst geworden.

Bei der Begrüßung zu Hause hatte Nabu einen kurzen Moment den Drang, Giza in die Arme zu nehmen, aber, scheu wie er geblieben war, tat er es doch nicht. Giza bemerkte, was in diesem Moment in ihm vorgegangen war, – und nach kurzem Zögern nahm sie ihrerseits ihn in ihre Arme und lächelte dabei schelmisch. Nabu spürte zum ersten mal einen menschlichen Körper in der Berührung. „En-Gal!" kam es ihm in den Sinn. Mit diesem lahmen, jungen Einhorn hatte er oft und lange Körper an Körper gelegen, in ihrer Höhle, angeschmiegt aneinander in Angst vor räuberischen Tieren, und am Anfang auch in Angst vor den beiden Genien vor ihrem Höhleneingang. Die Erinnerung an dieses vertraute enge Zusammensein mit En-Gal mischte sich nun in seiner menschenscheuen Umarmung mit seiner noch kaum erspürten Liebe zu Giza. Er bemühte sich, seine Tränen zu unterdrücken, aber dann begann er zu schluchzen, – er weinte lange.

Ninsanga ließ sich ausführlich vom Aufenthalt der beiden jungen Männer im Palast berichten und hörte mit Staunen, mit Freude, mit Seufzen und mit Tränen in den Augen zu und wollte schließlich nicht aufhören, viele, viele Fragen zu stellen. Sie bekam Sehnsucht nach Lagash, wo sie ein sorgloses, glückliches und fröhliches Leben geführt hatte, und es kam der Wunsch in ihr auf, dorthin zu reisen und vielleicht dort, wie früher, im Bereich des königlichen Palastes zu leben und vielleicht dort zu bleiben. Und mit ein wenig Unsicherheit und Scheu hoffte sie, Enhegal, ihrer Jugendliebe zu begegnen und ihn wiederzusehen. Nabu, den sie nun als ihren Sohn anerkannte, würde sie in Lagash besuchen können.

Giza lernte auch ald reiten, sie bekam das Pferd, das bei der Rückkehr aus Lagash als Packpferd gedient hatte. Zu den Herden mit den Einhörnern konnten Nabu, Nammaja und Giza nun bequemer und schneller kommen als bisher.

Als erstes suchten sie die Herde Ur-Nanse und dort die Einhörner auf. Nabu fragte, ob hier einmal ein Einhorn von einem Menschen gejagt und erlegt worden war, er fragt ganz unbestimmt, um die Tiere nicht zu beunruhigen. Nur den beiden besonnenen Freunden Urlungal und Tasadum teilte er seine Besorgnis mit und forderte sie auf, sofort ein solches Vorkommnis zu melden, wenn er, Nabu, oder einer seiner

Vertrauten wieder einmal die Herde aufsuchen würde. Nammaja und Giza ritten wieder heim.

Nabu jedoch ritt mit Tasadum als Begleiter und als Übersetzer eine Tagesreise weiter zur Herde En-Ana. Nachdem er sich und Tasadum vorgestellt hatte, fragte er den Leithengst:

„Ich habe Grund zur einer Frage: Ist in deiner Herde kürzlich ein Einhorn von Menschen erlegt worden?"

„Ja", antwortete der Hengst, „da war etwas Seltsames. Vor wenigen Tagen lag am Morgen eins der Einhörner, ich kannte es ganz gut, verletzt und tot am Boden. Und das noch Seltsamere: es hatte kein Horn mehr."

„War es denn krank gewesen?", fragte Nabu.

„Nein, es war gesund gewesen, und jetzt fällt mir ein, dass das Horn nicht normal am Ansatz abgebrochen war, sondern es schien mit Gewalt abgeschlagen worden zu sein. Und es lag nicht bei dem toten Tier."

„Aber abgesehen vom dem einen, sind die Einhörner, soweit du sie kennst, noch vollzählig da?"

„Kommt beide mit, ich möchte mich umsehen und mich vergewissern. Aber was ist der Grund für deine Fragen; muss ich mich beunruhigen?"

Nabu berichtete, was er in Lagash von Enanepada erfahren hatte: dass fremde Männer sich dort aufhielten, die Erkundigungen einzogen, ob und wo man in der Umgebung von Einhörnern wüsste. Sie haben es auf die Hörner der Tiere abgesehen, um sie für viel Gold zu verkaufen.

Er sagte: „Ich fürchte nun, dass einer dieser Männer deine Herde entdeckt hat und nun ein erstes Opfer getötet hat. Hoffentlich ist er nur alleine gewesen und mit seiner Beute davongezogen und kehrt nicht wieder."

„Das ist eine schlimme Nachricht." Sagte der Hengst, und nach kurzem Besinnen: „Um meine Tiere nicht zu beunruhigen, werde ich ihnen noch nichts davon sagen, aber ich denke, ich werde mit ihnen aufbrechen und weiter fortziehen. Ich werde jetzt wohl auf meine lieben Gehörnten besonders Acht geben müssen."

„Die Gefahr scheint auch mir groß zu sein", sagte Nabu, „vor nicht langer Zeit waren hier viele Pferde eingefangen und fortgeführt worden, und da sind auch einige Einhörner darunter gewesen. Diese Pferde waren nach Lagash getrieben worden, wo sie als Arbeitspferde und Reittiere eingesetzt worden waren. Dort wissen daher etliche Leute seitdem, dass es Einhörner gibt, und einige wissen auch, wo sie damals hergekommen waren. Wenn diese Tiere auch ihre Hörner damals abgeworfen hatten, aus Kummer über ihre verlorene Freiheit, werden die Männer also hierher finden".

Zunehmend begriff Nabu die Last der Verantwortung, die Inanna ihm aufgebürdet hatte. Er musste sich nun darüber klar werden, wie er vorgehen könnte. Wie auch immer: Für eine oder zwei Personen, Nabu und Nammaja alleine, war es nicht möglich, die Einhörner vor den Wilderern zu schützen, Nabu brauchte weitere Helfer. Es mussten Männer sein, bei denen er sicher war, dass sie sich mit den Wilderern nicht zusammen tun würden und ihre Aufgabe auch nicht in ihren Dörfern ausplaudern würden. Er und Nammaja suchten in der Umgebung einige Männer auf, die sie kannten und denen sie meinten vertrauen zu können. Sie sollten ihnen melden, wenn in der Umgebung Fremde auftauchten, die in irgendeiner Form Interesse an Einhörnern zeigen würden. Diesen Männern boten sie als Lohn Schafe und Silbertäfelchen an, die Täfelchen, die sie bei der Abreise aus Lagash als Geschenke bekommen hatten.

Nabu war das zwischen den Felsen verborgene riesengroße, bisher von den anderen Menschen noch unentdeckte Gebirgstal in Erinnerung gekommen, das er nahe seinem Dorf Nagor entdeckt hatte. Hierhin, stellte er sich vor, könnte er als erstes eine kleine Herde Einhörner führen, um sie in Sicherheit zu bringen.

Er ritt zur Herde Ur-Nanse, der Herde, in der er seine Kindheit verbracht hatte, und begab sich zusammen mit Urlungal, als Übersetzer, zum Leithengst, dem ungehörnten En-men-Lu, der ihn von Nabus Kindheit her gut kannte:

„Du weißt mittlerweile durch Urlungal und Tasadum von den Gefahren, die den Einhörnern drohen," sagte er, „ich habe die Absicht und will mich bemühen, eine neue, nicht allzu große Herde von Einhörnern vor den Wilderern in Sicherheit zu bringen, und benötige hierzu dein Einverständnis und deine Hilfe."

„So," machte En-men-Lu, „es scheint so, als ob ich einen Teil meiner Herde abgeben soll. Du weißt, das ist für ein Leittier nicht gut möglich."

„Du weißt, dass die Einhörner ohnehin von hier fort müssen, um nicht von Wilderern umgebracht zu werden, diese Tiere wirst du also auf jeden Fall aus deiner Herde verlieren, während ihr Pferde wohl in dieser wunderschönen Gegend bleiben werdet."

„Ja, das muss bedacht werden", sagte En-men-Lu, „wie stellst du dir denn vor, dass du die Gehörnten in Sicherheit bringen willst?"

„Ich habe weiter oben in den Bergen zwischen Felswänden ein riesige Wiese entdeckt, die offenbar die Menschen nicht kennen, und die man kaum finden kann. Dorthin möchte ich Einhörner aus deiner Herde, später aber auch aus anderen Herden führen." sagte Nabu, und Urlungal übersetzte es. „Ich bemühe mich deswegen darum, weil ich es schön und richtig finde, dass hier immer Einhörner leben können. Ich denke, dass die Hornjäger einmal wieder verschwinden werden, wenn die Einhörner hier alle abgewandert oder umgebracht sein werden, und dann kann die Herde aus dem Gebirgstal wieder zurückkehren, oder wenigstens einige von ihnen", sagte Nabu, „ich glaube, ich handle da im Auftrag der Göttin Inanna. Sie selbst hat mich aufgefordert, die Einhörner zu beschützen."

„Ja, ihr Einhörner habt es manchmal mit Göttern zu tun," sagte En-men-Lu, „mir selbst ist noch nie ein göttliches Wesen begegnet, und, ohne mir viel Gedanken zu machen, lege ich auch keinen Wert darauf. Aber wenn es den Einhörnern wichtig ist, will ich ihre Vorstellungen und Wünsche wohl achten und sie mit dir gehen lassen. Die Einhörner bereichern auf besondere Weise meine Herde, und daher ist es gut, wenn ihr Stamm erhalten bleibt." Hierbei warf er einen anerkennenden Blick auf den gehörnten Urlungal. „Ich mag sie besonders gerne. Ich kann mit ihnen mehr anfangen und klarer reden als mit den meisten der Ungehörnten. Wie willst du also vorgehen?"

„Ein schwieriger Punkt kommt noch," sagte Nabu, „besonders für dich als Leithengst. Es sind ja nicht sehr viele Einhörner, und um eine Herde in der versteckten Wiese aufzubauen, die groß genug ist, um die Fortpflanzung zu sichern, braucht es noch aus deiner Herde zusätzlich zwei oder drei Stuten, möglichst solche Pferde, die auch Ashnan reden wie du."

„Mhmhmh" machte En-men-Lu und schüttelte unwillig seinen Kopf, du stellst meine Gutmütigkeit auf eine harte Probe. Mein Verstand sagt mir allerdings, dass einiges für deinen Plan spricht, aber - wie gesagt - eine harte Probe für meine Gutmütigkeit."

Nabu sagte nun, wie er sich den weiteren Verlauf vorstellte.

„Ich kann die Tiere ja nur in ganz kleinen Gruppen und nur nachts nach oben in das Gebirgstal führen, damit die Menschen nicht auf uns aufmerksam werden. Ich denke als erstes an zwei oder drei Tiere, am besten mit einem, das sich als Leitstute oder als Leithengst eignen könnte, ich dachte da an Tasadum, auf ihn hat Inanna offenbar ein Auge geworfen. Die einzelnen Tiere würde ich mit dir zusammen aussuchen wollen, und denen müssen wir klarmachen, dass sie mir folgen sollen. Und in folgenden Nächten würde ich weitere Einhörner bzw. Pferde hoch führen wollen, ebenfalls in kleinen Gruppen. Aber immer so, dass du mitbestimmst, welche Tiere du abzugeben bereit bist, das Einverständnis der jeweiligen Tiere vorausgesetzt. In jeder Gruppe muss aber eins sein, das mein Ashnan versteht, andernfalls müsste ich zum Beispiel jedes Mal Urlungal mitnehmen und wieder zurückbringen."

„Du bist offenbar ein kluger Mann geworden, seit du uns damals als Kind verlassen hast." sagte En-men-Lu, „die Rettung der Einhörner ist, wie gesagt, auch mir wichtig, und meine Herde ist ja tatsächlich groß genug, dass ich einige Tiere abgeben kann."

So geschah es mit den Einhörnern und einzelnen Pferden der Herde Ur-Nanse und anschließend auch mit Tieren der beiden Herden En-Ana und Tizgar.

Es waren jedes Mal aufregende Wanderungen: bei später Abenddämmerung begann der Zug, und bei Mondlicht oder bei der Morgendämmerung ging es den steilen, kaum wegsamen Bergpfad hinauf zum versteckten Eingang zur Wiese im geheimen Gebirgstal. Durch das dichte Gebüsch, das den Eingang versperrte, und im ziemlich niedrigen Gang im Felsen mussten sich besonders die Einhörner mit ihren etwas sperrigen Hörnern behutsam fortbewegen. Jeweils auf dem Rückweg beseitigte Nabu alle Spuren, die Hinweis auf die Pferde hätten geben können: Hufabdrücke verwischte er und Pferdeäpfel schaufelte er zur Seite.

Es dauerte sehr viele Tage, bis er die neue Herde im Gebirgstal beisammen hatte. In der ersten Gruppe hatte er Tasadum mitgenommen und oben zurückgelassen und befolgte so den letzten Zuruf der Göttin Inanna. Tasadum wurde im Laufe der Zeit, wie von Nabu im voraus bedacht, der erste Leithengst im geheimen Tal.

Nach dieser ersten Rettungsaktion vieler Einhörner war Nabu einverstanden, dass Ninsanga nach Lagash reiste. Zunächst musste sie aber reiten lernen, und reitend reiste sie dann auch nach Lagash. Giza hatte den Wunsch geäußert, auch mitzureisen, weil sie nach den Erzählungen von Nabu und Nammaja neugierig auf die große Stadt und die Paläste geworden war.

Die beiden Damen, angeführt von Nammaja, hatten sich als Männer verkleidet, und kamen so an allen Gefahren vorbei, aus den Bergen hinaus und über den Tigris nach Lagash. Unter Freudentränen begrüßten sich Ninsanga und Enanepada und hatten sich endlos viel zu erzählen. Sie sprachen viel über die schlimme Zeit, die Ninsanga hatte durchleben müssen.

„Es durfte ja keiner merken, dass ich schwanger war und später den Sohn bekam".

„Ein Sohn von Enhegal?" fragte Enanepada.

„Ja, natürlich" antwortete Ninsanga, „ich hatte große Angst, dass man mich suchen würde, und das Kind wäre ja ein Prinz, das dem Sohn von Gudea ein Thronkonkurrent hätte sein können. Man hätte ihn umbringen lassen können."

„Ja", sagte Enanepada, „so habe ich es auch vermutet und Nabu erzählt."

„In meiner Not konnte ich mir zunächst nicht anders helfen, als ihn in einer Höhle zu verstecken. Ich habe ihn dann zuerst täglich besucht und ihn aus meiner Brust trinken lassen, aber um im Dorf nicht aufzufallen, dass ich so viel draußen im Wald und auf den Wiesen war, habe ich dann unterwegs Heilkräuter gesammelt, und konnte immer nur ganz kurz bei ihm bleiben."

„Und wie kam er dann zu den Einhörnern?", fragte Enanepada.

„Ja, eines Tages als ich zu ihm wollte, um seine Tücher sauber zu machen, sah ich gerade, wie er zwischen den Stuten von Einhörnern und normalen Pferden lag und sie ihn, eine nach der anderen von ihren Zitzen trinken ließen. Das hat mich so unendlich gerührt, dass ich kaum aufhören konnte zu weinen."

„Das musst Du mir ein anderes Mal genauer erzählen", sagte Enanepada, „aber jetzt: wie ging es weiter?"

„Ich bin bald nicht mehr täglich zur Herde gegangen, weil ich merkte, dass er bei den Tieren ausreichend versorgt wurde, ich hatte nur große Angst, dass ihn wilde Tiere finden könnten, du weißt, es gibt dort fern von den Städten, Wölfe, Bären und auch Löwen. Eines Tages war die Herde verschwunden und als ich vor die Höhle kam, in deren Schutz er normalerweise untergebracht war, zusammen mit einem lahmen Einhornfohlen, standen vor dem Höhleneingang zwei schimmernde Gestalten, fast durchsichtig."

„Oh", machte Enanepada.

„Die beiden sprachen mich an mit barscher Stimme: „Was tust du hier?". Ich sagte: „Hier in der Höhle liegt mein Baby, und ich wollte es versorgen."

Da sagte die beiden Gestalte, etwas freundlicher als vorher: „Da du offenbar die Mutter bist, kannst du die Höhle betreten. Wir stehen hier um Dein Kind, zusammen mit dem kleinen lahmen Einhorn dort, vor wilden Tieren zu schützen, die Göttin Inanna hat das angeordnet."

„Steht ihr immer hier, wenn wilde Tiere in der Nähe sind?"
„Ja", antworteten sie. „Aber nimm dich in Acht, es sind gerade Bären in der Nähe, die können auch dir gefährlich werden, wenn sie hungrig sind. Bleib besser so lange in der Nähe, bis wir dir sagen, dass die Gefahr vorbei ist. Wir rufen auch sofort das kleine Einhorn in die Höhle."

„Ich glaube, du weißt, wie es mit Nabu und mir weiterging. Er war anfangs so scheu, als ich ihn zu mir holte, aber er war so sanft, so freundlich, ein wenig wie die Einhörner, bei denen er aufgewachsen ist. Ich habe ihn gleich sehr lieb gewonnen, er hat aber immer einen kleinen Abstand zu mir eingehalten. Er ist ein ganz besonderer Mensch. Nachdem ich ihn in meine Heilkenntnisse eingeführt hatte, wurde er ein besonders liebenswürdiger und beliebter Heilkundiger."

Enanepada berichtete über den neuen König, über den Prinzen Enhegal, der seinerzeit Ninsangas Geliebter gewesen war, sie sprachen über das Schicksal von Nabu, dem nun eine große Aufgabe bezüglich der Einhörner bevorstand.

„Inanna selbst ist Nabu und Nammaja erschienen und hat die beiden mit der Aufgabe betraut, sich um die Rettung der Einhörner zu kümmern", erzählte Ninsanga.

„So, die große Inanna hat sich persönlich an sie gewandt", staunte Enanepada. „Das ist für Nabu eine große Ehre. Die Einhörner haben für die Göttin Inanna offenbar eine mächtige Bedeutung."

„Ja, für die beiden Männer ist es eine Ehre," sagte Ninsanga, „aber ich fürchte, dass die Aufgabe Nabu übermäßig belasten, vielleicht sogar überfordern wird."

„Sicher wird sie ihn überfordern", sagte Enanepada, „denn sich einer Horde von Wilderern entgegenzustellen, das ist eine militärische Aufgabe, und darin hat Nabu gar keine Erfahrung und auch nicht die Mittel dazu."

„Nabu hat einige Männer, denen er vertrauen kann, damit beauftragt, ihm zu melden, ob, wann und wo Wilderer auftauchen. Er will im Dorf so lange wie möglich das Interesse an den Hörnern geheim halten, damit die Bauern nicht auf die Idee kommen, ihrerseits Einhörner umzubringen und ihre Hörner zu erbeuten."

„Mit dieser Heimlichkeit muss es jetzt vorbei sein, dazu ist die Aufgabe viel zu umfangreich geworden," sagte Enanepada. „aber, lass uns eine anderes Mal darüber sprechen und als nächstes Nabus Vater einweihen und uns mit ihm beraten. Hast du ihn denn schon aufgesucht?"

„Nein", sagte Ninsanga etwas verschämt, „ich hatte Angst bei all dem, was gewesen ist. Ob er zornig ist, dass ich ohne Abschied von ihm weggeblieben bin. Obwohl ich auch immer das Gefühl hatte, ich hätte Grund, auf ihn zornig zu sein, weil ich alleine unser eigentlich gemeinsames Schicksal mit unserem Kind zu tragen hatte. Und schließlich ist er ein Prinz und ich war ja nur ein Hoffräulein. Außerdem weiß ich nicht, ob ich ihn überhaupt noch mögen würde und er mich. Du merkst wohl, vieles ist durcheinander in mir, obwohl ich meinte, während meines langen Alleinseins hätte ich mit der Vergangenheit abgeschlossen. Und jetzt bin ich so aufgeregt und ziemlich verzagt. Ich meine aber, es wäre richtig, wenn er und ich uns wiedersehen würden, und ich möchte das auch. Es wäre nur leichter für mich, wenn du das arrangieren könntest, ich bin hier inzwischen doch sehr fremd."

Beim Treffen zwischen Ninsanga und Enhegal, das Enanepada herbeiführte, ging es zunächst befangen zu. Es dauerte lange, bis beide durch das Dickicht ihrer früheren großen Liebe zueinander hindurchfanden und nach ihren so unterschiedlichen Lebensverläufen wieder so weit zusammenfanden, dass sie ohne Scheu miteinander sprechen konnten. Und das taten sie dann ausgiebig und mit großer Zuneigung zueinander.

Derweil führte Nammaja seine Schwester Giza stolz in der Stadt und in der Umgebung umher und machte sie mit allen Leuten bekannt, die er selbst kennengelernt hatte.

„Ich glaube," sagte er einmal zu ihr, „es wäre gut, wenn ich dich dem Prinzen Enhegal vorstelle, wenn er bereit zu einer Audienz ist."

„Wozu soll das gut sein?" fragte sie, „ich weiß gar nicht, wie ich mich da benehmen soll, und ich habe nichts Geeignetes zum Anziehen."

„Ich erinnere dich, dieser Prinz ist Nabus Vater."

„Na und?"

„Liebe Schwester, ich weise dich vorsichtig darauf hin, dass es hier auch um Dinge deiner Zukunft geht. In nicht ferner Zeit wird wohl Nabu dich fragen, ob du bereit sein könntest, seine Frau zu werden."

An Nabu hatte Giza jetzt gar nicht mehr gedacht. „Nabu heiraten?" rief sie, „der ist doch fast wie ein Onkel für mich. Ich weiß schon, dass er mich gerne mag, und ich mag ihn auch, aber er ist manchmal so gar nicht freundlich und lieb zu mir, er tut auch etwas fremd mit mir und ist scheu. Auch mag ich jetzt gar nicht an ihn und unser Dorf Nagor denken, hier ist alles so prachtvoll, es gibt hier so viele junge Leute, sie denken nicht nur an Arbeit, an Schweine und Schafe, sie haben viele Vergnügungen, ich würde viel lieber hier bleiben als zurück in unser armes Dorf zu kehren."

„Aber du gehörst doch in unser Dorf, und du würdest jetzt auch gebraucht, besonders da wir uns jetzt um die Einhörner kümmern müssen. Unsere Eltern erwarten sicherlich auch, dass du bald wieder zurückkommst".

„Ich möchte aber jetzt doch hier bleiben, und ich bleibe auch hier!", das klang bei Giza jetzt ziemlich selbstbewusst und gleichzeitig etwas trotzig.

„Und wer soll sich hier um dich kümmern?"

„Ich habe mit Ninsanga gesprochen, sie kann mich hier im Palast unterbringen, und sie sagt, ich darf vorerst bei ihr bleiben, bis sich irgendetwas findet."

Nammaja war tief traurig, dass er sich nun von seiner Schwester, die er sehr lieb hatte, trennen musste. Er selbst wollte möglichst sofort zurückreiten, um Nabu beizustehen. Und so ließ er Giza und Ninsanga in Lagash zurück.

Und er hatte Begleiter: Der Prinz Enhegal hatte sich von Nabu und Nammaja begeistert viele Geschichten über die Einhörner angehört, und ihn bewegte das Leben dieser Tiere und ihr Schicksal. Er hatte, mit Zustimmung des Königs, – Urningirsu regierte zu dieser Zeit – drei Offiziere beauftragt, Nammaja zu begleiten und die Pferdeherden in den Vorbergen des Zagrosgebirges aufzusuchen und festzustellen, ob und in welchem Umfang Einhörner dort bewildert würden. Sie hatten

Vollmacht, ein Verbot der Einhornwilderei bekannt zu machen und überführte Wilderer zu bestrafen und zu vertreiben. Über die angetroffene Situation sollten sie den Prinzen laufend informieren.

Nabu hatte aber erfahren, dass in den Pferdeherden in den Vorbergen neuerdings immer wieder Einhörner erlegt und ihres Kopfschmuckes beraubt worden waren. Als Nammaja mit den drei Offizieren eintraf, musste er ihnen diese traurige Neuigkeit mitteilen. Einer der Offiziere ritt sofort zurück nach Lagash, um dem Prinzen Enhegal zu berichten.

Die beiden anderen Offiziere verkündeten in den Dörfern zwar ein Wildereiverbot bei strenger Strafe. Ungeachtet dieses Verbotes kamen die Räuber aber doch des nachts, nachdem sie tagsüber die Herden ausgekundschaftet hatten. Nabus angeworbene Melder berichteten von mehreren toten Einhörnern, denen die Hörner als erbeutete Trophäen von den Köpfen abgebrochen worden waren. Die Wilderer ließen sich durch das Wildereiverbot nicht abschrecken, und die beiden Offiziere alleine konnten das riesige Gelände, in dem sich die Herden bewegten, nicht überwachen.

Einige Wochen später kam der Prinz Enhegal mit vielen Soldaten angereist. Die Erzählungen und Berichte über die Einhörner hatten ihn so besorgt gemacht, dass er selbst den Schutz der Tiere organisieren und dabei seinen Sohn Nabu bei seinem Bemühen nicht allein lassen wollte. Und der Prinz war auch wissbegierig zu sehen, wie sein Sohn, Ninsanga und Giza dort gelebt hatten und in welchen Behausungen sie wohnten. Er konnte sich in seinem Palast kein Bild davon machen, wie die Lebensverhältnisse in den fernen Zagrosbergen seien.

Und noch etwas: Auch Ninsanga und Giza waren mit Enhegal gereist, Ninsanga hatte Sehnsucht nach ihrem Sohn Nabu, und Giza fand nach einigen Vergnügungen in Lagash die jungen Leute ziemlich verwöhnt, sie konnte mit deren Unterhaltungen nicht viel anfangen und merkte, dass sie niemals zu ihnen passen würde. So hatten die beiden beschlossen, in die Berge zurückzukehren und dort zu bleiben. Prinz Enhegal ließ Ninsanga ein schönes Haus bauen und ein weiteres, groß genug für Nabu und Giza, die bald heiraten und eine Familie gründen wollten.

Enhegal ließ noch ein weiteres Haus bauen, eine Art kleines Jagdschloss, für sich selbst und einige Begleiter. Die Umgebung gefiel ihm so gut, dass er fest vorhatte, gelegentlich wieder hierher zu reisen, zur Abwechslung zu dem Leben im Palast, das ihm nun etwas eintönig vorkam. Hier hatte er seinen gerade erst gefundenen Sohn Nabu. Ganz besonders aber, und das gestand er sich vorerst nur halb ein, erlebte er hier, dass die alten Gefühle für seine Jugendliebe Ninsanga noch wach waren. Aus der Tiefe der Seele keimte seine Liebe zu ihr erneut, jetzt zwar keine leidenschaftliche Liebe mehr, aber die Erfüllung einer heimlichen Sehnsucht. Außerdem sah er sich mittlerweile in der Rolle des Beschützers der Einhörner, zusammen mit Nabu und Nammaja. Noch gab es ja einige Gehörnte in den drei Pferdeherden, und er ging davon aus, dass die Einhörner, auf längere Zeit gesehen, immer hier heimisch sein würden.

Ninsanga beantwortete Enhegals Gefühle und freute sich darauf, ihn hier immer wieder mal zu Besuch zu haben. Nabu war ebenfalls froh über die Besuche seines Vaters, er kam sich mit ihm als Rückhalt nicht so allein vor in seiner Verantwortung für das weitere Schicksal der Einhörner.

Trotz aller Aufsicht und trotz der harten Bestrafungen einiger Hornjäger nahm die Wilderei lange kein Ende. Nabu sah keine andere Möglichkeit, als mit Urlungal als Übersetzer zu den Herden zu reiten und die Einhörner zu ermuntern, weiter fort zu ziehen und sich möglichst fern für längere Zeit eine neue, verborgene Heimat zu suchen. Am liebsten hätte er Urlungal mit auf sein geheimes Gebirgstal genommen, aber er beließ ihn unten, weil er ihn als Übersetzer benötigte, sollte er die Einhörner je wieder aufsuchen.

Bisher hatte Nabu nur einer Person so weit vertraut, dass er ihr sein Geheimnis mit dem großem Gebirgstal verraten hatte: Nammaja. Ihn hatte er auch einmal nach dort oben mitgenommen. Jetzt entschloss er sich, auch seinen Vater Enhegal in dieses Geheimnis einzuweihen.

Der Vater folgte Nabu im engen Tal, das steil aufwärts zum versteckten Eingang führt, folgte ihm durch das Gestrüpp der schützenden Büsche zur Öffnung des Ganges, folgte ihm weiter durch den engen Gang durch die Felsen hindurch und trat mit ihm aus dem Gang hinaus in das weite Wiesental.

Überwältigt von dem Anblick stand Enhegal still, lange Zeit. Er sah die hohen seitlichen Felsen, die das riesige, friedliche Tal weiter unten umschlossen, sah die bewaldeten Hänge und die großen grünen Wiesen, durchsetzt mit Baumgruppen. Lange ließ er wortlos diese kleine Traumwelt in sich eindringen. Für einen kurzen Moment erschien vor ihm das Bild der flachen Umgebung seiner Heimat bei Lagash, die endlose schilfreiche Ebene der Flüsse Euphrat und Tigris. Wie anders aber war es hier! Mit langsamen, fast feierlichen Schritten ging er den ausgetretenen Pfad hinunter zur Wiese, in der verstreut und in kleinen Gruppen die Pferde grasten, unter ihnen die zahlreichen Einhörner. Er verweilte auch hier, sich fast andächtig umschauend, er fasste Nabu am Arm und sagt: „Sohn, dies ist der schönste Anblick in meinem langen Leben. Diese paradiesisch schöne Umgebung und diese wunderbare Pferdeherde, ganz besonders die Einhörner! Ich finde keine passenden Worte. Hier in diesem abgeschiedenen Tal spüre ich so deutlich wie nie, was mir Schönheit bedeuten kann.

Ich habe es lange nicht bemerkt, was mich bei den Einhörnern so bewegt. Nun wird es mir klar: Sie erkennen die Schönheit in ihrer Umgebung, wie es seinerzeit die beiden Einhörner: Vater Arpu-Rim und sein Sohn Simudar in jenem spätabendlichen ‚denkwürdigen Gespräch' herausfanden."

In den Pferdeherden der Vorberge des Zagrosgebirges gab es nun keine Einhörner mehr, die dort grasten, Tänze spielten oder beisammenstanden, um sich die Geschichten über sich und über die Vorfahren zu erzählen, auch keine Einhornmädchen mehr, die mit gemütskranken Kindern spielten und sie dabei heilten. Der Zauber, den sie dieser Landschaft verliehen hatten, war vorbei.

Nabu stieg wieder einmal hinauf zu seiner geretteten Herde im geheimen Tal. Dort sah er die Göttin Inanna, glitzernd und fast durchsichtig, sich in der Runde der Einhörner umherbewegen. Sie bemerkte Nabu, schwebte zu ihm und legte sacht eine Hand auf seine Schulter. Er spürte die ganz leichte Berührung.

Tasadum im geheimen Gebirgstal

Tasadum merkte, dass die junge Stute Silsa rossig war, zum ersten Mal. Er näherte sich ihr behutsam und wollte ihr noch etwas Zeit geben, ohne sie zu erschrecken. Auch der junge Einhornhengst Antar war auf Silsa aufmerksam geworden. Er wollte gerade beginnen, Silsa zu beschnuppern und drängte sich an sie, ohne Tasadum, den Leithengst, zu beachten. Tasadum meinte, dies dürfe er nicht dulden, und drängte Antar ab. Antar verstand zunächst nicht die Situation und widersetzte sich.

„Du hast hier jetzt nichts zu suchen", sagte Tasadum, „dies hier ist meine Sache !" Er wusste, dass Antar die Ashnansprache verstand und war sicher, dass Antar seine, Tasadums, Vorrechte bei Silsa anerkennen und respektieren würde. Antar blieb jedoch beharrlich und ließ nicht von Silsa ab, aus Unerfahrenheit vielleicht, eventuell auch aus Trotz. Er ließ sich nicht abdrängen.

„Alter, hindere mich nicht bei meinem Vorhaben", rief er Tasadum zu. Dieser gab Antar mit einem Tritt eines Hinterhufes zu verstehen, dass er die Situation ernst nahm. Antar nahm nun die Herausforderung an und stellte sich der Auseinandersetzung. Mit ihren Hinterhufen bearbeiteten sich die Kontrahenten, dann drehten sie sich um und stiegen voreinander hoch, einmal, noch einmal. Und beim dritten Mal drehte Tasadum sich blitzschnell um und versetzte dem hoch aufgerichteten Antar einen kräftigen Tritt mit dem Hinterhuf. Am Brustkorb getroffen sank Antar nieder. Tasadum sah zu, wie der Getroffene sich nur mühsam wieder erhob. Mit seinem Sieg hatte er die Ordnung wiederhergestellt. Zugleich aber vergewisserte er sich, dass Antar nicht gefährlich verletzt war, er sah in ihm zwar einen Rivalen, aber zugleich auch einen Schützling in seiner Herde.

Tasadum liebte seine schöne Aufgabe als Leithengst in dieser friedlichen Welt des rundum abgeschlossenen Gebirgstales, in das keine Raubtiere oder gar Hornjäger eindrangen. Ein Paradies war es, in dem es reichlich Gras gab und fast immer ausreichend Wasser im Bach daherfloss. In dieser kleinen Welt ohne äußere Gefahren herrschte er gerne mit seinem sanften, gefühl- und gedankenvollen Herzen.

Er ging, wie manches Mal, ein wenig den Hang hinauf, gerade so hoch, dass er die große Talwiese überblicken konnte. Er sah die Herde friedlich grasen, es waren viele Tiere. Viele waren sie geworden in diesen Jahren, in denen er Leithengst war, er, einer der zahlreichen Gehörnten innerhalb der Pferdeherde. Die Wiese war so groß, dass er die entferntesten Tiere, dort, wo das Tal vor einem hohen Berghang endete, kaum mehr ausmachen konnte. Er kannte alle, auch die jüngsten Fohlen. Viele der Fohlen hatte er gezeugt, nicht nur mit seiner Gefährtin Elule, sondern auch mit anderen Stuten. Er wusste, dass er angesehen war und noch unangefochten als Oberhaupt anerkannt war. Die Göttin Inanna hatte ihn für diese Aufgabe ausersehen, das war damals, bevor Nabu die Herde zusammenstellte und sie in dieses Gebirgstal führte, um den Einhörnern eine sichere Bleibe für die Zukunft zu geben. Tasadum hatte diese Aufgabe ohne Widerspruch angenommen.

Elule, seine Lieblingsstute kam zu ihm hinaufgestiegen. „Du hast wieder einen schweren Kampf bestanden", sagte sie, „ich finde es schön, wie mächtig du geworden bist und wie stark du geblieben bist. Du weißt, meine Liebe zu dir ist groß, aber ich denke daran, dass du auch einmal alt sein wirst. Ich werde dich auch lieben, wenn du dann nicht mehr der Leithengst sein wirst."

" Bist du besorgt um mich ?"

„Ich denke nur zuweilen daran, wie gefühlvoll du warst, als wir uns kennenlernten, und du mit all deinen Sinnen die Schönheit der Welt betrachtetest. Vieles von früher ist dir seither gleichgültiger geworden, und das macht mich traurig. Ich spüre, auch ich selbst bin dir gleichgültiger geworden."

Nach kurzem Besinnen sagte Tasadum: „Es war gerade so fried-lich hier oben mit dem Blick in unser schönes Tal. Nach dem letzten Kampf war eine große Ruhe in mir eingekehrt, die ich noch genossen habe, bis eben."

„Diesen Moment der Ruhe sollst du weiter genießen, du Lieber! Jetzt nur ein Gedanke noch: Ich glaube, so wie du geartet bist, könntest du dir andere Dinge vornehmen, die du betreiben kannst, andere als das was du als deine jetzige Hauptaufgabe anzusehen scheinst: Leithengst zu sein. Lass uns ein andermal weiter darüber sprechen !" Elule stieg hinab zu den anderen Stuten.

Die wundervolle Ruhe in Tasadum ging rasch vorbei, er stieg hinab zu den anderen Tieren. Er begann zu grasen, ohne dass ihm klar wurde, was ihn nun bewegte.

Am Abend kam Elule auf ihn zu und kraulte mit ihren Zähnen seine Mähne, und das hieß: „Ich bin bei dir !"

„Du hast mich daran erinnert", sagte er zu ihr, „dass ich früher Zufriedenheit und Glück anders verstanden habe als heute. Die Auseinandersetzungen mit den anderen Hengsten ist mir, seit ich Leithengst bin, sehr wichtig geworden, und ich bin stolz, dass ich immer gesiegt habe. Und das so erkämpfte Vorrecht bei den Stuten hat mir gefallen. Aber manchmal frage auch ich mich, ob es sich lohnt, so viel Aufmerksamkeit und Kraft auf die Erhaltung dieses Vorrechts zu verwenden.

Als anderen Teil meiner Aufgaben als Leittier erkenne ich, ein gutes Oberhaupt zu sein, nicht nur beim Schlichten von Streitereien und bei der Fürsorge für Schwächere, sondern auch, wenn es darum geht, Talente zu ermuntern, meist von den Einhörnern unter den Pferden. Es gibt Tiere, die Spiele und anderen Zeitvertreib gestalten, organisieren oder neu erfinden. Weiter gibt es Tiere, die erinnerungsreich und blumig Geschichten vortragen können. Es sind Geschichten aus alten Zeiten, von unseren Vorfahren, aber auch aus der wundervollen Zeit, als wir Einhörner noch in den Pferdeherden lebten, die in den Weiten der Vorberge dieses Gebirges unherstreiften."

„Ja, daran habe ich dich erinnern wollen", sagte Elule.

In der Folgezeit gab er sich zunehmend diesem Teil seiner Führungsaufgabe hin. Mehr als bisher tanzte er mit den anderen Tieren, gesellte sich zu den anderen Gehörnten und Ungehörnten, wenn alte Geschichten erzählt wurden, und freute sich, wenn er so neue Freundschaften schloss.

Urlungals Schicksal

In den freien Pferdeherden, die weiterhin in den Zagrosvorbergen umherstreiften, setzten die Wilderer die Jagd auf die Einhörner fort. Die Wilderer folgten den davonziehenden Herden und töteten ein Einhorn nach dem anderen.

Als letztes verbliebenes Einhorn lebte nur noch Urlungal. Er hatte bisher dadurch den Wilderern entkommen können, dass er gelernt hatte, früh deren Geruch zu erkennen. Er durchschaute ihre Vorgehensweise, sich der Herde zu nähern um ein Einhorn auszuspähen. So war es war ihm bei Gefahr immer gelungen, sich rechtzeitig etwas von der Herde abzusondern, sich zu entfernen. Bisher konnte die Flucht immer gelingen, weil die Wilderer noch ein anderes Einhorn erjagen konnten und sich dann mit ihrer Beute zurückzogen. Aber nun war er das letzte Einhorn und musste fürchten, dass die Hornräuber so lange bleiben würden, bis sie auch ihn zu erjagen hofften.

Urlungal lebte nun in ständiger Furcht und wusste keine Hilfe und kam sich sehr alleine und verlassen vor.

„In der Herde kann ich mich nicht verstecken, mich und mein Horn wird man fast immer erkennen können", dachte er. „Die Herde verlassen, kann ich auch nicht, denn alleine, fern der Herde, kann ich mich nicht vor den Raubtieren schützen."

Immer wieder ging oder lief er ratlos und verzweifelt durch die Pferdeherde, spürte so noch deutlicher, wie alleine er in seiner Not war. Die Pferde waren ungefährdet, und von ihnen konnte keine Hilfe kommen. Er sehnte sich nach seinem früheren Leben zurück, besonders sehnte er sich nach seinem Freund Tasadum, von dem er annahm, dass er mit einer Herde in Sicherheit war. Aber der Freund war nun weit fort, und er wusste nicht wo er und die anderen geretteten Einhörner sich aufhielten, wusste nicht einmal ob nicht auch sie mittlerweile umgebracht worden waren.

Sich in das Schicksal ergeben, heute oder morgen oder übermorgen umgebracht zu werden, dagegen wehrte er sich, aber er war ratlos, wie er sich retten könnte. Er zitterte jetzt vor Angst bei diesen Gedanken.

„Jetzt bin ich verloren", konnte er in diesem Moment nur noch denken, als er den Geruch von Menschen wahrnahm, von dem er wusste, dass er von heranschleichenden Wilderern ausging. Er stürmte davon, fort von diesem gefürchteten Geruch. Zuerst liefen noch einige Pferde mit ihm, die blieben aber bald zurück, als sie merkten, dass die meisten der Herde zurückgeblieben waren.

„Jetzt bin ich ganz alleine", dachte er. „Zur Herde zurückzukehren bedeutet direkt in den Tod zu gehen. Hierzubleiben oder weiter fortzulaufen bedeutet: bald von Bären, Wölfen oder Löwen gefressen zu werden."

Seine Knie wurden weich vor Angst. Um nicht weiter denken zu müssen und um seine Verzweiflung davonzuschieben, begann er zu grasen, aber nur kurz, dann bemerkte er den Selbstbetrug. Er sah sich um, aber ein Entkommen aus dieser hoffnungslosen Lage zeigte sich ihm nicht.

„Urlungal!" hörte er da eine Stimme.

„Urlungal!", erklang es erneut.

Langsam wurde eine fast durchsichtige große Gestalt erkennbar, eine Gestalt mit ausgebreiteten Flügeln, gehüllt in ein farbiges Gewand, aus dem heraus sie ein unbekleidetes Bein auf einen bei ihr hockenden Löwen abgesetzt hatte.

„Urlungal, du bist nicht so verloren wie du jetzt glaubst", sagte die Gestalt. Sein Erschrecken riss ihn aus seiner Hoffnungslosigkeit heraus. Lange, sehr lange, starrte er die Erscheinung an, dann brachte er heraus: „Inanna ? Die Göttin ?"

„Ja, du weißt von mir aus euren den Erzählungen über deine Ahnen. Ich sehe, dass du von Wilderern verfolgt wirst. Kehre jetzt um zu deinem Freund Tasadum und zu den anderen Einhörnern, die noch gerettet wurden".

„Göttin Inanna, ich bin allein, verzweifelt, weit von meiner Heimat und vielfältig vom Tod bedroht, wie kann ich je Tasadum und die anderen Einhörner finden und allein durch alle Gefahren zu ihnen gelangen ?"

Inanna konnte ihn beruhigen: „Jetzt, da ich bei dir bin, bist du in Sicherheit. Auf deinem Weg wird Enki, der Gott der Weisheit, der die Menschen erschaffen hat, über dir wachen.

Als Begleiter gebe ich dir diesen Löwen mit. Du kannst ihm vertrauen, er wird dich vor manchen Gefahren schützen.

Höre nun weiter: Ich will dir etwas mitteilen, was du wissen sollst. Wir Götter haben uns sehr über euch Einhörner gefreut. Ihr betrachtet die Welt so aufmerksam! Ihr nehmt das Schöne in der Welt, die wir geschaffen haben, wahr, ihr geht so freundlich miteinander um und spielt miteinander! Wir haben uns darüber gefreut, dass ihr eure Sprache erschaffen habt, dass ihr über eure Vorfahren sprecht und euch unser, der Götter, bewusst seid.

Als Zeichen unserer Freude über euch tragt ihr euer Horn auf dem Kopf.

Urlungal, lerne auf deinem Weg die Welt kennen, wie sie ist. Leb' nun wohl! Wir werden uns wiedersehen!"

Mit diesen Worten nahm die Göttin Inanna ihren Fuß vom Löwen herunter und verblasste. Der Löwe kam mit gewichtigen, leicht schaukelnden Schritten auf Urlungal zu und wedelte behäbig mit seinem Schwanz. Er trat neben Urlungal und lehnte sich zutraulich an dessen Oberschenkel, was Urlungal erheblich aus dem Gleichgewicht brachte.

Urlungal war sehr damit beschäftigt, wieder festen Tritt zu fassen und irgendwie mit seiner Angst vor dem Raubtier fertig zu werden.

„Ich heiße Mes-Pada" sagte der Löwe.

„Du kannst meine Sprache Ashnan?", fragte Urlungal.

„Ich habe den göttlichen Auftrag dich zu begleiten, und darum habe ich die Fähigkeit mitbekommen, deine Sprache zu verstehen und mit dir zu sprechen".

„Hast du schon einmal ein Pferd oder ein Einhorn gefangen und gefressen?", fragte Urlungal.

„Dort, wo ich herkomme, versorgt man sich nicht aus eurer Welt," sagte Mes-Pada, „aber an deiner Seite soll ich kein Pferd jagen. Du bist ein schönes Tier".

„Ich soll die Welt kennenlernen", sagte Urlungal.

„Ich habe es gehört", sagte Mes-Pada.
„Ich weiß aber nicht, wo Menschen sind."
„Ich auch nicht."
„Zuletzt soll ich Tasadum finden. Aber ich weiß nicht wo er ist. Er ist von Nabu mit einigen Einhörnern und Pferden an einen geheimen Platz geführt worden, aber diesen Platz kenne ich nicht. Er ist jedenfalls weit weg, denn unsere Herde musste sehr weit fliehen, um immer wieder den Wilderern auszuweichen, die uns gefolgt sind und mit der Zeit nacheinander alle Einhörner umgebracht haben. Ich bin das letzte Einhorn dieser Herden."
„In welcher Richtung seid ihr denn immer gewandert?"
„Wir sind immer so gewandert, dass wir die hohen Berge auf dieser einen Seit hatten."
„Dann lass uns doch jetzt so gehen, dass wir die hohen Berge immer auf der anderen Seit haben. Dann müssen wir ja irgendwann in die Gegend zurückkommen, in der Tasadums Herde von Deiner getrennt wurde. Mit Glück erkennst du diese Gegend wieder."
„Es gibt dort einen alleine stehenden Hügel mit fünf Pinien. Von dort hat man einen wunderbaren Blick hinunter in die weite Ebene der großen Flüsse."
„Solche Hügel wird es wohl viele geben."
„Diesen Hügel würde ich immer wiedererkennen. Er ist uns heilig. Nabu hat gesagt, es ist ein ‚spiritueller Platz'. Viele von uns Einhörnern gehen dort hin und stehen eine Weile auf dem Hügel und schauen auf die Ebene. Und wir denken dabei daran, wie Göttin Inanna dort oben seinerzeit unseren Vorfahren: Buanun und Ashnan, die noch Pferde waren, geweissagt hatte, sie würden ein Einhorn als Sohn haben. Dieses Einhorn war Atab, und er wurde der Stammvater aller Einhörner."
„Jetzt glaube ich dir, dass du diesen Hügel wiederfinden kannst. Er wird wohl unser fernes Ziel sein. Aber noch etwas:

Inanna und du, ihr beide habt den Namen Nabu erwähnt, wer ist das, der Nabu?"

„Nabu ist ein Mann, der als kleines Kind bei uns Einhörnern aufgewachsen war, weil er ausgesetzt worden war. Und bei uns hat er unsere Sprache Ashnan gelernt, und so konnten wir mit ihm sprechen. Er fühlt sich für uns Einhörner verantwortlich. Ich glaube, die Göttin Inanna hat ihm später, als er erwachsen war, einen solchen Auftrag erteilt."

Die beiden begannen nun ihre Wanderung, Mes-Pada an Urlungals Seite. Beim Grasen und beim nächtlichen Schlafen fühlte sich Urlungal durch Mes-Pada gut geschützt vor anderen Raubtieren und vor Wilderern. Wilderern begegneten sie aber weiterhin nicht mehr.

Mes-Pada gelang es zuweilen, eine Gazelle oder eine verirrte Ziege zu fangen, um seinen Hunger zu stillen, manchmal fand er auch einen Teil eines toten Tieres, das Wölfe erlegt hatten. Sie hatten ihre Beute verlassen, wenn Mes-Pada nahte.

Sie kamen an ein Haus am Rand eines kleinen Dorfes. Zwei Männer führten hier eine Landwirtschaft, hinter dem Haus hatten sie eine kleine eingezäunte Schafherde. Sie hatten gerade ihre Tagesarbeit getan und schauten aus dem Fenster. Urlungal dachte an seinen Auftrag Menschen kennenzulernen. Hier waren zwei Menschen, die ihm ungefährlich erschienen; Sie verhielten sich ganz anders als die Wilderer, die er auf der Flucht erlebt hatte. Er begann zu grasen, und Mes-Pada legte sich auf die Seite, um sich friedlich zu zeigen, er behielt aber die Männer im Blick. Den beiden Männern gefiel dieses seltsame Tierpaar, ein starkes Raubtier, der Löwe, zusammen mit einem wehrlosen Grasfresser, das Pferd, das gut ein Jagdopfer des Löwen sein könnte. Besonders schön an dem Anblick fanden sie, dass das Pferd ein langes Horn am Kopf hatte. Von so einem Tier hatten sie zwar schon von fremden Reisenden gehört, selbst gesehen hatte es in ihrem Dorf aber noch niemand.

Die Männer dachten: „Diese beiden Tiere sind schon einzeln so wunderschön, besonders aber als so sonderbares Paar. Es wäre wunderbar, wenn sie einige Tage hier bleiben würden. Ein Löwe kann Menschen wohl gefährlich werden, aber man weiß ja, dass Raubtiere ganz friedlich sind, wenn sie einen vollen Bauch haben. Wir haben doch noch eine Hammelkeule von unserer letzten Schlachtung, lass uns ihm diese Keule geben, davon wird er einige Tage lang satt sein, und wenn sie bleiben, haben wir so lange den schönsten Anblick vor unserem Fenster, den wir uns wünschen
können."

„Es sind nicht alle Menschen schlecht," dachte Urlungal, „diese beiden sind friedlich und scheinen sich an uns zu freuen. Hier habe ich keine Angst mehr, dass ich wegen meines Horns umgebracht werde, und deswegen möchte ich einige Tage hier bleiben."

Urlungal und Mes-Pada blieben einige Tage. In der größten Mittagshitze legten sie sich in den Schatten von zwei Bäumen, die dort standen. Sie mussten nahe beieinander liegen, weil der Schattenbereich nicht so groß war, und in dieser Zeit fasste Urlungal volles Zutrauen zu seinem raubtierischen Begleiter. Dieser bekam auch nach drei Tagen ein weiteres großes Stück Hammelfleisch. Die beiden Männer gingen tagsüber ihren Arbeiten nach und setzten sich abends vor ihr Haus und freuten sich an dem Anblick der beiden zugewanderten Tiere.

Auf ihrer weiteren Wanderung sahen Urlungal und Mes-Pada in der Ferne einen Trupp von einem Dutzend Pferden. Der Löwe sagte: "Die werden Angst vor mir bekommen, geh du also alleine zu ihnen und sag ihnen, dass ich ihnen nicht nachstellen werde, und mich jetzt nach anderer Beute umsehen werde." Urlungal näherte sich ihnen mit gebotener Zurückhaltung.

„Du bist ja ein Einhorn", sagte eins der Pferde, „aus welcher

Herde kommst du?"

„Aus der Herde Ur-Nanse", sagte Urlungal. „Du sprichst ja Ashnan, aus welcher Herde stammst du denn?"

„Wir alle hier stammen aus der Herde Alula. Die ganze Herde ist damals von Menschen eingefangen und fortgeführt worden. Die Einhörner unter uns, so auch ich, haben unsere Hörner verloren, aus Gram über unsere verlorene Freiheit."

„Und wie ist es euch weiter ergangen?"

„Es wurde ganz schlimm für uns: Die Menschen haben unsre Köpfe verschnürt, Halfter nannten sie das, und dann mussten wir machen, was die Menschen von uns wollten. Wir bekamen zwar immer genug zu fressen, aber wir mussten zulassen, dass sich so ein Mensch auf unseren Rücken setzt, und wir mussten ihn tragen. Andere von uns wurden vor einen Wagen gespannt und mussten den Wagen ziehen."

„Konntet ihr euch nicht dagegen wehren?", fragte Urlungal.

„Gegen die Menschen kann man sich nicht wehren. Sie sind so geschickt dabei, uns zu zwingen, das zu tun, was sie wollen, und sie sind oft brutal und haben uns geschlagen, so war es für uns einfacher, ihnen zu gehorchen. Das Schlimmste war aber das, was sie Krieg nennen. Da mussten ganz, ganz viele von uns als Reitpferde oder als Wagenpferde im Gelände aufmarschieren, zusammen mit sehr, sehr vielen Menschen ohne Pferde. Dann kamen andere Menschen, auch mit Pferden uns entgegen, und dann haben die Menschen mit Schwertern aufeinandergehauen, sich mit Lanzen gestochen und mit Pfeilen beschossen. Dabei sind viele Menschen verwundet worden, ganz viele sind umgekommen, und von uns Pferden sind auch viele umgekommen oder verwundet worden. Es war fürchterlich, was Menschen sich und uns dort angetan haben."

„Aber nun seid ihr hier! Haben sie euch laufengelassen?"

„Wir konnten entkommen, diejenigen von uns, deren Reiter verwundet oder tot von uns herabgefallen sind, oder die, deren Wagen umgestürzt war, und die sich dann befreien konnten. Wir wenige haben uns nach dem Kampf getroffen und sind davongelaufen. Hierher, in die Gegend, wo früher unsere Herde zu Hause war."

„Und jetzt ?"

„Am liebsten würden wir uns einer Herde anschließen, wenn wir eine antreffen. Und wie ist es dir ergangen ? Warum bist du hier so alleine ?"

„Ich bin nicht ganz alleine hier, mein Begleiter hat sich aber vor euch versteckt, damit ihr keine Angst vor ihm bekommt. Es ist ein Löwe ! Er tut euch nichts. Die Göttin Inanna hat ihn mir zur Begleitung und zu meinem Schutz mitgegeben. Er darf kein Pferd fangen und fressen, solange ich mit ihm zusammen bin. Wir sind Freunde geworden, wir sprechen ‚Ashnan' miteinander.

Die Göttin Inanna hat mir den Auftrag gegeben, die Welt kennenzulernen, um den Einhörnern von ihr zu berichten, und darum würde ich gerne von euch noch mehr über Menschen erfahren.

Ich selbst habe auch schlimme Erfahrungen mit einigen Menschen hinter mir. Es gibt Wilderer, die Einhörner umbringen, um ihnen die Hörner abzuschlagen. Die Hörner können sie verkaufen oder andere Waren dafür eintauschen. Das Material unserer Hörner, richtiger für die Tauschwaren dafür, ist ihnen so wertvoll, dass sie alle Einhörner, die sie finden, umbringen.

In den drei Pferdeherden, die noch hier verblieben waren, haben sie alle Einhörner getötet, alle außer mir. Ich als Einziger konnte entkommen, mit Inannas Hilfe.

Aber ich weiß, es gibt noch eine versteckte Herde, in der Einhörner leben. Denen habe ich dann zu berichten. Aber dieses Versteck muss ich am Ende selbst noch suchen, ich kenne es nicht. Ich bin froh, dass ich für meine Aufgabe den Löwen zu meiner Begleitung habe. Im Auftrag der Göttin

Inanna muss ich mich wohl in manche Gefahr begeben, wenn ich nun Begegnungen mit Menschen suche, um viel über sie zu erfahren."

Einige Tage später kamen Urlungal und der Löwe Mes-Pada wieder zu einem Gehöft am Rand eines Dorfes. Eine große Menge Krähen flog dort herum, darum hieß der Hof Krähenhof. Auf einem eingezäunten Rasenstück grasten dort zwei Pferde. Die verstanden und sprachen zwar nicht Ashnan, aber Urlungal suchte doch ihre Nähe, um bei ihnen zu grasen. Mes-Pada machte sich davon, um sich ein Beutetier zum fressen zu fangen. Urlungal bemerkte nicht, dass einige Männer sich heranschlichen. Sie kreisten ihn ein, und es gelang ihnen, Urlungal zu den beiden Pferden in die Einzäunung zu treiben.

„Ein weiteres Pferd können wir gut gebrauchen", sagten sie sich, „und wenn wir auf dem Tier mit dem schönen Horn am Kopf reiten, sieht das sicher sehr eindrucksvoll aus, und die Leute werden uns bewundern!"

Urlungal merkte voll Schrecken, dass er gefangen war. Dass da auch noch die beiden anderen Pferde waren, beruhigte ihn nur wenig. An Flucht war nicht zu denken, er konnte auch kaum hoffen, dass Mes-Pada ihn befreien könnte. Er war aber erleichtert, dass die Leute ihn offenbar leben lassen wollten, offenbar wollten sie ihm auch nicht sein Horn rauben, wie die Wilderer, vor denen er so lange hatte fliehen müssen.

Die Männer versuchten, ihm ein Halfter anzulegen, so wie bei den beiden Pferden. Mit aller Kraft sträubte er sich dagegen. Er wehrte sich auch dagegen, dass einer der Männer sich ihm näherte und versuchte, ihn zu berühren. Aus Zorn und um sein Gehorsam zu erzwingen, schlugen die Männer ihn mit Peitschen und mit groben Stricken. Als Urlungal sich auch nach einigen Tagen gegen die Männer wehrte und mit seinen Hinterbeinen nach ihnen ausschlug, begannen sie, ihn mit Knüppeln zu schlagen, und stießen mit angespitzten Stöcken und Stangen nach ihm, sodass er bald viele blutige Wunden hatte.

Von Tag zu Tag stieg seine Angst, hier auf Dauer gefangen zu sein. Er lief unruhig und erregt umher, schlug zornig und verzweifelt mit seinen Hufen gegen die Holzpfähle der Umzäunung. Er hasste die Männer, die ihn misshandelten und bändigen wollten, und er hasste alle anderen Menschen, die kamen, um ihn, das Einhorn, zu bestaunen. Die meisten von ihnen hatten noch nie ein Einhorn zu Gesicht bekommen.

Es gab hier nur einen Menschen, zu dem Urlungal etwas Zutrauen hatte. Es war ein Mädchen, noch fast ein Kind. Es stand oft lange in seiner Nähe in der Umzäunung und schaute ihn zuerst begeistert und später bedauernd an. Urlungal beobachtete, dass das Mädchen von den Männern und Frauen, die es hier gab, kaum beachtet wurde, sie war viel allein und machte auf ihn einen unglücklichen Eindruck. Ereshkil wurde sie gerufen. Sie hatte schmutzige Hände und Beine, ein schmutziges Gesicht und hatte ungepflegte lange Haare, sie trug nur eine Art Sackkleid. Sie lief barfuß. „Sie gehört nicht richtig zu den anderen Menschen hier", dachte Urlungal. Nach einiger Zeit traute sie sich in Urlungals Nähe, und er erlaubte ihr, ihn mit ihren Händen zu berühren. Er spürte ihr Mitgefühl, wenn sie ihn um seine Wunden herum streichelte.

Mes-Pada kam nur abends in die Nähe, wenn die Menschen sich zurückgezogen hatten. Er hoffte, dass sich für Urlungal in der Dunkelheit eine überraschende Fluchtmöglichkeit ergeben könnte.

„Ich halte es hier nicht mehr lange aus", sagte Urlungal, „ich kann es nicht ertragen, dass die Menschen mich zu etwas zwingen wollen, was ich nicht will, und mich schlagen und stechen. Ich muss mich frei bewegen können und frei sein dorthin zu laufen, wohin ich will und das zu machen was ich tun will."

„Mir fällt nichts ein, was wir beide tun können, dass die Menschen dich freilassen", sagte der Löwe.

„Die Pferde, die wir vor einigen Tagen trafen, erzählten ja, wie geschickt die Menschen sind, Pferden ihren Willen aufzuzwingen, nicht nur geschickt, sondern auch grob und brutal, so wie die Männer hier. Ich habe große Angst", sagte Urlungal.

„Ich mach mir auch Sorgen, und dein jetziges Schicksal schmerzt mich", sagte Mes-Pada, „ich überlege mir wieder und wieder Möglichkeiten für dich, hier auszubrechen. Vielleicht schließt jemand das Tor des Zaunes einmal nicht richtig. Wenn das Tor nicht gut verriegelt ist, wäre es dir möglich, das Tor aufzudrücken. Wir können nur hoffen, dass einer der Männer einmal nachlässig beim Schließen des Tores ist."

Das Mädchen Ereshkil war der einzige Mensch, der den Löwen bemerkt hatte, und sie durchschaute, dass Urlungal und er zusammengehörten. Mes-Pada brachte sich manchmal ein Stück Fleisch mit, einen Teile einer Beute, und so lange das Mädchen den Löwen fressen sah, hatte sie fast keine Angst vor ihm, so gut kannte sie sich mit Tieren aus. Sie blieb gerne in der Nähe von Urlungal und Mes-Pada und beobachtete, wie sie miteinander sprachen, wenn sie sie auch nicht verstehen konnte. Mes-Pada mochte das Mädchen, dessen ursprüngliche Zuneigung zu Urlungal, und auch zu ihm. Um seine friedlichen Absichten zu zeigen, brachte er nun bei jedem seiner abendlichen Besuche einen großen Brocken Fleisch mit und zeigte ihn ihr.

Als Urlungal sich weiterhin unzähmbar zeigte, bauten die Männer einen engen Verschlag um ihn herum, so eng, dass er sich kaum ablegen konnte. Aus Zorn und Verzweiflung trat er immer wieder gegen gegen den Verschlag, konnte ihn aber nicht zerstören. Um ihn fügsam zu machen gaben die Männer ihm nichts zu fressen und nur wenig zu trinken. Urlungal war so zornig, niedergeschlagen und verzweifelt, dass er sein Horn verlor. So geschieht es mit Einhörnern, wenn sie gefangen und ohne Hoffnung sind.

Als die Männer nach drei Tagen am Morgen nach ihm sehen wollten, war der Verschlag geöffnet und Urlungal war fort. Was war geschehen? Das Mädchen Ereshkil hatte so sehr mit Urlungal mitgelitten, und sich so sehr über die Menschen gegrämt, die ihn so unsagbar quälten, dass sie bereit war, das Gehöft zu verlassen. Sie war hier ohnehin nie richtig zu Hause gewesen, sie war nur aufgenommen worden, weil ihre Eltern beide gestorben waren.

Sie hatte spät abends heimlich den Verschlag geöffnet und Urlungal freigelassen; Er und Mes-Pada liefen davon. Als sie außer Reichweite des Gehöfts waren, schauten sie zurück und sahen Ereshkil ihnen hinterherlaufen.

„Wo will die Kleine denn hin?", fragte Mes-Pada.
„Sie will wohl von diesem Gehöft fort, vielleicht aus Furcht vor Strafe, sie wurde dort auch nicht gut behandelt."
„Wenn sie jetzt hinter uns herläuft, scheint es mir, dass sie kein Ziel hat und nicht weiß wohin."
„Lass uns auf sie warten."

Urlungal und Mes-Pada mussten nun nicht mehr laufen, sie waren weit genug entfernt vom Krähenhof. In diesem Moment des Ruhens fing Urlungal an zu zittern, er schüttelte sich lange und lief einige Schritte und strampelte dabei seltsam mit den Beinen. Dann brach er zusammen und lag plötzlich flach am Boden. Er sagte nach einigen Augenblicken: „Es war so schlimm, was ich erlebt habe, dass die Leute mich eingesperrt haben und mich geschlagen und verletzt haben, dass sie so viel Macht über mich hatten! Ich komme nur langsam zu mir und merke mit Erleichterung, dass diese Qualen nun zu Ende sind. Ich habe Schmerzen an vielen Stellen und ich bin fürchterlich matt und würde am liebsten jetzt sofort einschlafen."

Ereshkil hatte sie mittlerweile eingeholt und hatte gesehen, wie Urlungal zusammenbrach. Sie durchschaute, dass er niedergesunken war, weil seine Anspannung der vergangenen Tage nachließ, und dass er sich von der Erschöpfung erholen musste. Sie wusste auch, dass er in den letzten Tagen wenig zu fressen und zu trinken bekommen hatte.

Sie sah eine Reihe von Bäumen und Büschen, nicht weit von ihnen, und sagte zum Löwen: „Ich schaue dort nach, ob da ein Bach ist. Ich denke Urlungal muss dringend etwas trinken, gegen seinen Durst und gegen seine Erregung." Die beiden Tiere verstanden diese Worte zwar nicht, aber als Ereshkil zurück kam und ihren Kopf schüttelte, wurde ihnen klar, dass sie Wasser gesucht aber nicht gefunden hatte.

„Ereshkil hat recht", sagte da eine Stimme, „Urlungal muss trotz seiner Erschöpfung jetzt auf die Beine kommen. Führt ihn zu dem Bach, und dann muss er trinken und anfangen zu grasen."

Der Gott Enki war es, der gerade gesprochen hatte, der Gott der Gewässer und der Weisheit. Ohne dass einer der drei ihn vorher bemerkt hätte, saß er nicht weit von ihnen.

Man erkennt ihn an seinem langen, zum Boden hängenden Schal, der aus zwei Strömen Wasser mit Fischen darin zu bestehen schien. Alle drei verstanden seine Worte in jeweils ihrer Sprache.

Ereshkil sagte: „Ich war eben bei dem Bach dort, da fließt zur Zeit kein Wasser."

„Ich bin der Gott der Gewässer", sagte Enki, „führt Urlungal nur hin zu dem Bach, ihr werdet jetzt genug Wasser darin finden.

Da ich nun bei euch bin, will ich jetzt dir, Urlungal, noch etwas sagen: Ich bin auch als Gott der Weisheit bekannt. Mir ist es wichtig, dass es in der Welt gut zugeht."

„Wie ist gut?" fragte Urlungal.

„Gut verhält sich ein Wesen, wenn es andere Wesen nicht verletzt oder behindert. Ihr Einhörner seid gute, friedliche und freundliche Tiere. Sind aber alle Tiere gut? Ob zum Beispiel Raubtiere böse sind, weil sie andere Tiere töten müssen, um etwas zum Fressen zu haben? Wir Götter konnten die Welt nur so einrichten, wie sie jetzt ist.

Bei den Menschen gibt es leider sehr viele, die nicht gut sondern böse sind oder sich oft böse verhalten.

Mir ist es außerdem wichtig, dass es in der Welt recht zugeht."

„Was ist recht?", fragte Urlungal.

„Rechtes ist so, wie wir Götter es wollen oder bei der Schöpfung gewollt haben. Wer Rechtes tut, nützt der Welt in ihrer Schönheit und in allem was gut ist.

Ihr Einhörner findet das Schöne schön, ihr erkennt, was gut ist, und ihr sollt euch um die Erkenntnis des Rechten bemühen. Um der Welt zu zeigen, dass ihr im Bewusstsein des Schönen, des Guten und des Rechten lebt, haben Inanna und ich euch mit mit dem Horn auf euren Köpfen ausgezeichnet.

Zum Abschied: Es freut uns, dass ihr drei zusammengefunden habt – ihr sollt nun zusammenbleiben. In einigen

Tagen, wenn ihr den heiligen Hügel mit den fünf Pinien und dem weiten Blick in die weite Ebene gefunden habt, wird eure Wanderung beendet sein. Ich werde dann Nabu zu euch schicken. Urlungal, du kennst ihn! Urlungal, trink nun aus dem Bach, grase ausgiebig und mach dich dann mit deinen beiden Gefährten auf den Weg!"

Nach zwei Tagen Wanderung fing Mes-Pada an, lahm zu gehen, so lahm, dass er die linke Hinterpfote gar nicht mehr aufsetzte. So konnte er die Wanderung nicht fortsetzen. Er legte sich lang in das Gras und begann, seine schmerzende Pfote zu lecken. Er erhob sich wieder und ging einige Schritte, aber nur auf drei Beinen, legte sich aber gleich wieder hin. Ereshkil kniete sich in die Hocke, sie traute sich, seinen Fuß anzusehen, der Löwe ließ es sich gefallen, dass sie seinen schweren Fuß anhob, und nach vorn und hinten bewegte, so wie sie es am Krähenhof bei der Behandlung von Pferden beobachtet hatte. Mes-Pada zeigte hierbei keine Anzeichen von Schmerzen. Ereshkil betrachtete und befühlte dann die Sohle des Fußes, und da bemerkte sie es: Mes-Pada hatte sich einen dicken Dorn in die Fußsohle getreten.

Sie sah den Löwen ängstlich fragend an: „Soll ich versuchen, dir den Dorn aus der Fußsohle herauszuziehen?", fragte sie. Er konnte sie nicht verstehen, blieb aber liegen. Sie traute sich, an dem Dorn zu ziehen, aber sie bekam das Dorn-Ende nicht richtig zu fassen, der Dorn saß zu fest im Sohlenleder des Fußes. Mes-Pada zuckte etwas mit dem Fuß, er merkte nun, dass sie das Problem herausgefunden hatte. Ereshkil erhob sich und gab ihm mit ihren Händen Zeichen, dass er sich auf seine andere Seite legen soll und sagte dabei:

„Leg dich auf deine andere Seite". Er tat es ohne ihre Worte zu verstehen, rollte sich über seinen Rücken, so dass nun sein schmerzender Fuß auf dem Rasen lag.

Sie legte sich lang auf den Bauch, um den Dorn mit ihren Zähnen zu fassen zu bekommen. Da durchfuhr sie ein

Schreck: Der Löwe hatte seit drei Tagen nichts zu fressen gehabt. „Er wird doch nicht vor Hunger über mich herfallen?" dachte sie für einen kurzen Moment.

Urlungal graste währenddessen, und ihm ging durch den Kopf, dass während seiner Benommenheit nach der Flucht Enki zu ihm gesprochen hatte. Nur langsam kamen Teile davon in seine Erinnerung: „Erkenntnis des Schönen, des Guten und des Rechten" und „mit dem Horn auf euren Köpfen ausgezeichnet".

Er schaute gerade zu seinen Begleitern und sah mit Erschrecken, dass Ereshkil bei Mes-Padas Pranken auf dem Boden lag. Er ging näher zu ihnen und verfolgte mit Staunen, was Ereshkil tat: Sie drückte ihr Gesicht fest auf die Pfotensohle des Löwen, fasste zwischen ihren Zähnen das Dorn-Ende und es gelang ihr, den Dorn, der fest und recht lang in der Pranke saß, langsam herauszuziehen. Ereshkil stand schnell wieder auf und schaute ängstlich zum Löwen hinunter. Der blickte fragend zu ihr auf, erhob sich dann zögernd, ohne noch den behandelten Fuß zu belasten. Er machte zwei Schritte, und als er merkte dass die Qual vorbei war, ging er an ihre Seite, lehnte seinen Kopf an ihren eng an den Körper angelegten Arm.

An einem Abend, als sie schon ausruhten, sagte Mes-Pada zu Urlungal: „Bei euch beiden gefällt es mir gut. An Inannas Seite ging es mir zwar auch gut, aber bei Euch geht es lebhafter zu, auch das Jagen nach Beute zum Fressen mache ich gerne, das gab es früher nicht für mich. Es hat mir auch Spaß gemacht, die Wölfe und einmal sogar einen Bären, die in unsere Nähe kamen, zu erschrecken und davon zu jagen. Ich möchte gerne dieses neue Leben weiter führen und am liebsten bei euch bleiben."

Nach einigen Tagen kamen sie beim Hügel mit den fünf Pinien an. Urlungal war erleichtert, als er ihn schon von Weitem ausgemacht und wiedererkannt hatte.

Ganz nahe bei den fünf Pinien stand alleine ein Pferd, das sich ein wenig entfernte, als es den Löwen sah, blickte dann aber erstaunt zu der seltsamen Gruppe der drei: Pferd, Löwe, und das Mädchen. Urlungal ging alleine zu diesem Pferd.

„Bist du alleine hier ?" fragte Urlungal. Er hatte in seiner Einhornsprache Ashnan gefragt.

„Siehst du doch !", sagte das andere, auch in Ashnan.

„Kann es sein, dass du ein Einhorn warst ?", wollte Urlungal wissen.

„Mhm", machte der andere und wandte sich ab, um zu zeigen, dass er kein langes Gespräch wollte.

„Der Löwe tut uns nichts, du musst keine Angst vor ihm haben. Er hat mich und das Mädchen beschützt, und er will bei uns bleiben. Übrigens, ich hatte auch ein Horn, erst vor nicht langer Zeit habe ich es verloren."

Das fremde Pferd blieb an seinem Platz, blickte Urlungal aber hinterher, als der zu seinen Wanderkameraden zurückging.

Die beiden Einhornpferde begannen zu grasen, der Löwe legte sich lang. Ereshkil ging neugierig auf das fremde Pferd zu, blieb aber stehen, als es einige Schritte zurück wich. Gerade jetzt wieherte Urlungal laut, weil Nabu auf seinem Pferd Maju heran geritten kam.

„Urlungal, ich freue mich sehr, dich wiederzusehen", sagte Nabu in seinem Ashnan, „die beiden Genien standen gestern vor unserem Haus und haben mich benachrichtigt, dass du mit zwei Reisefreunden kommst. Du wirst sehr viel zu erzählen haben. Und du scheinst Schlimmes erlebt zu haben, du hast dein Horn nicht mehr auf der Stirn."

Nabu war von seinem Pferd abgesprungen, griff zärtlich in Urlungals Mähne und drückte sich an seinen Hals. „Schlimmes, Trauriges habe ich erlebt", sagte der, „aber auch Schönes. Schau, zwei Freunde habe ich gefunden, diesen Löwen Mes-Pada und dieses Mädchen Ereshkil."

„Die Genien haben mir gesagt, dass ihr lange zusammen unterwegs wart und dass ihr zusammenbleiben wollt. Deine Freunde werden uns zu Hause willkommen sein. Dich werde ich so bald wie möglich zu den Einhörnern und Pferden bringen, die du noch kennst und die ich in Sicherheit bringen konnte. Und was ist mit dem Pferd, das sich dort abseits hält?"

„Das stand hier alleine als wir kamen, es macht einen im Kopf verstörten Eindruck. Kann ich ihm anbieten, dass es sich uns anschließt?

„Ja selbstverständlich, wenn es will. Jetzt lass uns aber aufbrechen, wir brauchen für den Weg drei Tage. Allerdings, wenn du Ereshkil erlauben würdest auf dir zu reiten, können wir es in zwei Tagen schaffen."

„Ich weiß nicht, wie sich so etwas anfühlt, und ob ich das Gleichgewicht halten kann. Lass es uns probieren." Nachdem er dem fremden Pferd angeboten hatte sich ihnen anzuschließen, ging Nabu zu Ereshkil. Er gab ihr Handzeichen, dass er ihr auf Urlungal hinaufhelfen wollte.

„Soll ich auf ihm reiten?", fragte sie. Er nickte und hielt ihr seine gefalteten Hände als Aufstiegshilfe hin.

Aber sie wies seine Hilfe scheu und unwirsch ab und bat ihn, Urlungal zu einem halbhohen Stein zu führen. Sie stieg auf den Stein, und von dort oben konnte sie nun auf Urlungals Rücken gelangen, nachdem sie ihm beruhigend auf den Rücken und den Hals geklopft hatte. Offenbar konnte sie reiten, denn ohne Mühe war sie auf Urlungals Rücken gelandet und hielt sich nun an seiner Mähne fest. Der allerdings musste sich erst mit der ungewohnten Last ins Gleichgewicht bringen.

„Bis eben habe ich gedacht, dass ich niemals jemandem erlauben würde, auf mir zu reiten", sagte Urlungal, „und nun ist es ganz schnell anders gekommen. Lasst mich erst einmal ein paar Schritte zum Angewöhnen machen."

In der kleinen Gemeinschaft, die sich nun auf den Weg machte, musste bei allen Mitteilungen und Einigungen vielfach übersetzt werden:

> Nabu konnte die Menschensprache zwar nicht sprechen, aber Ereshkil konnte er verstehen. Er konnte sich in Ashnan mit Urlungal und seinem Pferd Maju verständigen. Das fremde Einhornpferd konnte er verstehen.
>
> Urlungal konnte mit Nabu, mit dem Löwen und mit den anderen beiden Pferden sprechen.
>
> Der Löwe Mes-Pada hatte ja mit Urlungal schon lange in Ashnan sprechen können. So konnte er auch Maju und das fremde Einhornpferd verstehen. Mit Nabu und Ereshkil konnte er nicht reden.
>
> Ereshkil konnte Nabu, der in der Menschensprache nicht reden konnte, wenigstens etwas sagen. Bei dem Löwen und bei den Pferden war sie ziemlich geschickt darin, deren Absichten und Äußerungen zu deuten und sich durch Gesten und Handzeichen mitzuteilen.
>
> Nabus Pferd Maju konnte sich mit Nabu und den beiden anderen Pferden verständigen, Auch dem Löwen konnte er etwas sagen.
>
> Das fremde Einhornpferd verstand Urlungal und Maju, ihnen und Nabu konnte es etwas sagen.

Für das erste Nachtlager hatte Nabu für sich und Ereshkil Brotfladen und Käse mitgebracht, für Mes-Pada hatte er eine Hammelkeule dabei. Urlungal und Maju begannen zu grasen, und das fremde Einhornpferd, das hinterhergekommen war, graste ebenfalls – in Abstand zu den anderen.

Bei der abendlichen Ankunft am nächsten Tag in Nagor begrüßten Ninsanga, Giza und Nammaja die Wanderer, die sie neugierig erwartet hatten, und boten ihnen Unterkunft an. Die aber verbrachten diese erste Nacht am Ziel im Freien.

Das fremde Einhornpferd

Tags darauf führte Nabu Urlungal hinauf in das geheime Gebirgstal. Das fremde Pferd, inzwischen etwas weniger abweisend, schloss sich den beiden an – mit einigem Abstand.

Bei Urlungals Ankunft im Gebirgstal sahen die Pferde und die Einhörner in ihm zunächst einen Eindringling in ihrer Herde. Sie begannen, ihn zu bedrängen. Er wich aus, aber sie folgten ihm und fingen an, ihn zu jagen, zunächst nur wenige, aber immer mehr schlossen sich an. Ein großer Teil der Herde galoppierte über die riesige Wiese, bedrohlich immer hinter Urlungal her. Aber dann war Tasadum an seiner Seite. Der blickte Urlungal an und rief, für alle erkennbar, „Urlungal!" In Respekt vor dem Leithengst nahmen die andere Pferde Abstand zu den beiden auf und ließen ab von der Jagd. Die beiden Freunde, Einhorn und Einhornpferd, blieben stehen und wieherten laut und anhaltend.

Für weitere Annäherung war keine Zeit, denn die Herde wandte sich nun dem anderen Eindringling, dem fremden Einhornpferd, zu, das zunächst vorsichtig am Ende des Ganges zurückgeblieben war, nun aber auf die Wiese hinaus trat. Auch er wurde bedrängt von den Herdentieren, begann aber auszukeilen, er geriet in Panik drehte sich in immer neue Richtung und hörte nicht auf, wild auszuschlagen, Die Herden-Pferde waren so überrascht, dass sie von ihm abließen. Sie ließen schließlich zu, dass er sich eine Stelle zum Grasen suchte. Sie mieden aber fortan seine Nähe und seine Gesellschaft. Wenn er gefragt wurde, woher er denn käme, war er unzugänglich und gab er nur kurze Antworten wie:

„Ich war bei den Menschen", oder
„die Reiter waren mit mir im Krieg", oder
„Die Menschen sind böse", oder einfach nur:
„Viele meiner Pferdefreunde sind umgekommen", oder
„Frag' nicht so viel", oder später, etwas zugänglicher: „Ich will nicht darüber reden".

Bei solchen Antworten sah er den Fragenden nicht an. Er konnte sich für sehr lange Zeit mit den anderen Pferden nicht anfreunden, mit keinem von ihnen, und war fast immer alleine. Häufig kam es vor, dass er ausschlug wenn ihm ein anderes Pferd – absichtlich oder unbeabsichtigt – nahekam.

Der junge Hengst Emmerkar wurde beim Umhertoben einmal dicht an den Neuen herangedrängt. Der – überrascht – geriet außer sich, schlug kräftig nach hinten aus und traf Emmerkar so unglücklich, dass der schwer an der Schulter verwundet zusammenbrach und sich nicht mehr erheben konnte. Der arme junge Hengst quälte sich noch lange vor Schmerzen, bis zufällig Nabu das Tal aufsuchte und das Unglück bemerkte. Er stellte fest, dass Emmerkar nicht wieder auf die Beine kommen würde und erlöste ihn von seinen Qualen. Dieses war nur einer der Vorfälle mit dem neuen Einhornpferd; Bei weiteren Vorfälle blieb es – zur Erleichterung aller – bei heilbaren Verwundungen.

Auch Nabu, Giza, Nammaja, und anfangs auch Ereshkil ließ der Neue nicht an sich heran. Ereshkil nannte ihn später ‚Labasher'.

Tasadum hatte beobachtet, dass Ereshkil sich dem scheuen und sonst eher unverträglichen Labasher genähert hatte. Er hatte bemerkt, dass Labasher seither auch den anderen Pferden gegenüber weniger reizbar geworden war. Tasadum beobachtete gerade, wieEreshkil zu Labasher sagte: „Du bist nett, du gefällst mir."

„Das Mädchen hat dir gerade etwas gesagt, ich weiß, dass du das nicht verstehen konntest. Wenn du magst, kann ich dir beibringen, das Ashnan der Menschen zu verstehen. Wir hier oben können das fast alle. Aber das muss nicht gleich und heute sein."

„Komm mir nicht zu nahe", sagte Labasher brüsk und warnend. Es berührte ihn aber angenehm, dass Tasadum ihn ansprach. Einige Tage später begab er sich in Tasadums Nähe und schaute zu ihm hin.

„Bist du immer so abweisend, unverträglich und unleidlich gewesen?", fragte Tasadum.

Labasher sagte lange nichts, er sank ein wenig in sich zusammen. Nach einer Weile: „Ich hatte einmal Freunde. Das hatte ich vergessen. Das war ehemals."

„Du könntest hier auch Freunde finden", sagte Tasadum.

„Das Mädchen ist so zurückhaltend und geduldig mit mir, zu ihr kann ich freundlich sein."

„Uns Einhörnern und Pferden gegenüber bist du so abweisend, unbeherrscht und manches Mal sogar gewaltsam."

„Ja, wo du es jetzt sagst. Ehemals war ich nicht so, glaube ich."

„Und was ist jetzt anders als dein Ehemals?"

Labasher sank noch weiter in sich zusammen, und nach einer Weile ging er davon.

Wieder einige Tage später stellte er sich wieder zu Tasadum und begann zu erzählen: „Wir waren früher in unserer Herde genauso frei, zufrieden und glücklich wie ihr hier. Aber dann haben die Menschen fast unsere ganze Herde gefangen und uns fortgebracht. Sie haben uns gezwungen, Sachen zu tun, die wir nicht wollten, und dabei waren sie manchmal sehr brutal, bis wir nachgeben mussten. Sie setzten sich auf unsere Rücken und wir mussten, so wie sie wollten, in die eine Richtung oder die andere gehen. Wir mussten Schritt, Trab und Galopp machen, so wie sie wollten, oder sogar rückwärts gehen. Bis dahin hatten die Einhörner unter uns, so auch ich, unsere Hörner verloren."

„Ich weiß, dass vor einiger Zeit zwei Herden mit Pferden und Einhörnern eingefangen und fortgeführt worden sind. Was du erzählst, ist für Tiere wie wir fast nicht zu ertragen", sagte Tasadum.

„Aber das eigentlich Schlimme, das kam dann, als die Menschen auf unseren Rücken gegen andere Menschen kämpften, mit Pfeilen und Spießen, gehende Menschen und auch Reiter. Es war ein schlimmes Gedränge, viele Menschen fielen von ihren Pferden, waren verletzt oder starben sogar. Auch viele von uns Pferden wurden verletzt, Menschen und Pferde schrien laut. Mein Reiter wurde tödlich getroffen, ich wurde von irgendwoher zu Boden geworfen. Und dann trampelten Pferde und Menschen auf mir herum, ich hatte große Schmerzen. Als das vorüber war, lag ein anderes Pferd halb auf mir, sodass ich große Mühe hatte, auf die Beine zu kommen. Das Pferd auf mir war, glaube ich, tot. Andere Pferde, die verletzt waren, konnten sich nicht mehr erheben, sie schrien vor Schmerzen, und ich wusste, dass sie dort sterben müssen. Menschen lagen herum, wie die Pferde, tot oder lebendig. Ich konnte mich schließlich von dem Schlachtfeld entfernen, und seitdem lebe ich nicht mehr richtig. Du sagst, ich sei abweisend und störrisch – du wirst recht haben, ich weiß es nicht. Ich bin erst so geworden. Ich weiß auch nicht richtig, wie ich hierher gekommen bin. Hier bei euch gefällt es mir. Aber erst seit das Mädchen und ich uns angefreundet haben, sehe ich, wie friedlich und schön es hier bei euch ist."

Labasher begann zu zittern, er schüttelte sich und galoppierte dann in wilden Sprüngen davon. Nachdem er sich ausgetobt hatte, stellte er sich zu den anderen Pferden und Einhörnern und begann zu grasen.

Am nächsten Tag stellte Labasher sich erneut zu Tasadum und sagte: „Ich musste es einmal erzählen, was ich Furchtbares erlebt habe. Ich hatte es in mir verschlossen. Es wollte mich nicht loslassen, sodass ich die Welt um mich herum nicht mehr wahrnahm. Aber jetzt fühle ich mich leichter."

Er und Ereshkil, die beide mit so schweren Schicksals-Erinnerungen fertig werden mussten, fühlten sich eng miteinander verbunden und verstanden sich auch ohne sprachliche Verständigung. Später lernten sie gemeinsam, in Ashnan miteinander zu reden. Giza leitete sie dabei an. Labasher war ruhig, friedlich und verträglich geworden. Er erlaubte Ereshkil auf ihm zu reiten. Es war ihm angenehm, dass sie so viel leichter war als die Soldaten, die er früher zu tragen gehabt hatte. So kam es, dass Labasher Ereshkils Reitpferd wurde.

Mes-Pada

Mes-Pada gefiel es bei Nabu am Hof. Er sagte zu Nabu, und Urlungal übersetzte: „Ich wäre froh, wenn ich bei euch bleiben könnte. Ihr lasst mir meine Würde. Wenn Inanna ihre Auftritte hatte, musste ich oft dabei sein, mich hinhocken, und dulden, dass sie ihren Fuß auf meinem Rücken absetzte. Dass sie mich Urlungal zur Begleitung mitgab, war für mich ein großes Geschenk des Schicksals."

„Du bist unser willkommener Gast", sagte Nabu, „bleib' so lange du magst. Für dein Futter werde ich sorgen, soweit du dicht nicht selbst versorgst."

Nabu mochte von früher her Urlungal besonders gerne, und nachdem Urlungal sich von seiner Wanderung erholt hatte, nahm er ihn manchmal für einige Tage mit hinunter zu seinem Hof in Nagor.

„Warum hast du dein Horn nicht mehr ?", fragte er.

„Unterwegs auf einem Hof, Krähenhof heißt er, habe ich mich unbedacht von Männern einfangen lassen. Diese Leute wollten mich zähmen, und, um mich gefügig zu machen, haben sie mich schlimm misshandelt, und ich hatte die Hoffnung aufgegeben, je wieder in Freiheit zu kommen. Du weißt ja, in solchen Situationen verlieren wir Einhörner unser Horn."

„Und wie hast du deine Freiheit wiederbekommen ?"

„Ereshkil hat heimlich in der Nacht den Verschlag geöffnet, in dem ich zuletzt eingesperrt war. Ihr verdanke ich alles."

„Ereshkil spricht mit uns nicht über ihr bisheriges Leben, sie ist sehr verschlossen", sagte Nabu.

„Ereshkil ist ein sehr tüchtiges, mutiges Mädchen, ich habe sie gerne auf mir reiten lassen. Schade, dass sie nicht Ashnan reden kann. Wir drei, sie, Mes-Pada und ich, sind gute Freunde geworden."

„Und wie ist der Löwe zu euch gekommen?", Fragte Nabu.

Urlungal erzählte nun über sein Schicksal. Er erzählte von der Flucht der Einhörner mit den Pferden vor den Wilderern, er erzählte, wie er als letztes Einhorn übrig geblieben war und wie Inanna ihn gerettet und ihm den Löwen zur Begleitung mitgegeben hatte.

„Du hast ja selbst in den vergangenen Tagen erlebt, dass man gut mit Mes-Pada umgehen kann. Möglicherweise wird er mit der Zeit lernen, auch euer menschliches Ashnan zu verstehen, vielleicht sogar, sich selbst für euch verständlich zu machen. Ich freue mich, dass er bei euch bleiben will. Offenbar habt ihr keine Angst vor ihm!"

Mes-Pada beobachtete dieses Gespräch, die intensive Körpersprache, zwischen Nabu und Urlungal, und sann vor sich hin: „Ich könnte so weiter mein bequemes, behagliches Leben führen, ohne mich um die anderen zu kümmern. Aber da ich nun hier bleiben möchte, wäre es nicht verkehrt, wenn ich nicht nur mit den Pferden, sondern auch mit den Menschen sprechen könnte. Ich komme zwar aus erhabener, göttlicher Umgebung, und könnte mich hier bei den Menschen auch erhaben fühlen. Ich war dort aber nicht geachtet, unter Inannas Fuß. Durch Inannas Anordnung bin ich nun ein Lebewesen und frei geworden, und darüber bin ich froh. Aber ich weiß nicht, was und wie die eigentliche Natur eines Löwen ist. Ich fühle mich stark, ich kann schnell genug laufen, eine Gazelle zu fangen und bin stark genug, sie ein Stück fortzuschleppen und ihr eine Keule aus ihrem Leib herauszureißen, aber was mache ich mit meiner Stärke? Nur gelegentlich eine Gazelle fangen ? Mir fehlt etwas in diesem Dasein. Wenn ich hier am Hof bleibe, möchte ich zu etwas gut sein und auch wenigstens die Menschen verstehen können."

Es fanden sich sinnvolle Betätigungen: Er begleitete schützend die Heilkundigen des Hofes: Ninsanga, Nabu und Giza bei ihren Krankenbesuchen in etwas ferneren Dörfern, und er übernahm es als seine Aufgabe, andere Raubtiere vom Hof fern zu halten.

Urlungal half ihm, die menschliche Ashnansprache zu verstehen, beim Sprechen-Lernen allerdings war Mes-Pada genügsam. Die eigentliche Menschensprache zu verstehen, gelang ihm nur bruchstückhaft. Es reichte ihm, Zustimmung oder Ablehnung kundtun zu können.

Ereshkil

Am Tag nach der Ankunft sprach Ninsanga Ereshkil an: „Du kannst zu mir in mein Häuschen kommen, wenn du magst. Wo kommst du denn her?"

Nach einer Weile antwortete Ereshkil: „Vom Krähenhof".

„Und warum bist du mit Urlungal und dem Löwen mitgegangen?".

„Ich hatte Vertrauen zu den beiden, und unterwegs waren sie sehr freundlich zu mir."

„Waren die Leute am Krähenhof nicht freundlich zu dir?"

Ereshkil blickte nach unten und antwortete nicht.

„Du bist von der Wanderung schmutzig, magst du, dass ich dich etwas sauber mache?" Ereshkil war es nicht gewohnt, dass sich jemand um sie kümmert, sie war so überrascht, dass sie sich nicht traute etwas zu sagen. Sie sah Ninsanga lange an und nickte nur kaum merklich.

Ninsanga wusch ihr zunächst die Hände und Arme. Nach einer Pause wusch sie ihr die Beine und die Füße. Danach sah sie Ereshkil lange in die Augen und zog ihr dann behutsam das Sackkleid über den Kopf, und zum Schluss zog sie ihr auch alles aus, was sie darunter anhatte. Mit einem Schwamm säuberte sie Ereshkil Gesicht und Körper. Ereshkil sah Ninsanga an, und dabei rannen ihr einige Tränen aus den Augen. Nach einer Pause ging Ninsanga daran, Ereshkils Haare zu waschen. Abschließend suchte sie aus einem Regal saubere Unterwäsche, eine knielange Hose und einen farbigen Umhang.

Sie sagte: „Du musst nicht mit mir reden, wenn du nicht magst. Aber ich mache dir einmal vor, wie wir hier mit den Pferden und den Einhörnern sprechen. Das wird dir seltsam vorkommen, aber unsere Tiere verstehen uns." Ereshkil musste ein wenig lachen, als sie Ninsangas ungewohnte Körpersprache sah.

Vor einem kurzen Moment war Giza unbemerkt in den Raum gekommen und sagte nun lachend: „»Du bist nett, du gefällst mir«, das hat Ninsanga gerade in der Pferdesprache zu dir gesagt".

Ninsanga lachte nun und nickte.

Ereshkil war benommen und befremdet von diesem freundlichen Empfang. Ohne etwas zu sagen lief sie nach draußen, sah Mes-Pada dösend unter einem Baum liegen. Sie lief zu ihm, hockte sich bei ihm hin. Ereshkil roch zwar anders als noch heute früh, ihre Haut war heller geworden, sie war nun farbig angezogen; der Löwe hatte sie aber doch gleich wiedererkannt, er beroch sie nur etwas.

Sie legte ihre Hand auf die Mähne in seinem Nacken und sagte: „Du bist nett, du gefällst mir."

Ereshkil fühlte sich zu ihm hingezogen, war oft bei ihm und redete viel zu ihm. Er mochte das, wenn er auch vorerst fast nichts verstand.

„Ich mag dich gern", sagte sie

„Mmhm", machte Mes-Pada.

„Ich glaube, du magst mich auch."

„Mhmmm."

„Die Leute vom Krähenhof haben sich nicht um mich gekümmert, gerade so, als gäbe es mich gar nicht. Aber arbeiten musste ich, anders als die anderen Kinder dort."

„Mm."

„Du bist so gut zu mir, du schimpfst nicht, anders als die Leute am Krähenhof."

„Mmm."

„Du tust mir nicht weh, der Dasan hat mir immer so wehgetan."

„Mhhhm?"

„Der Dasan war meistens freundlich zu mir, viel freundlicher als die anderen Leute am Krähenhof. Er war eigentlich der einzige, der sich um mich gekümmert hat. Wir haben auch viel miteinander geredet, und er hat mir oft geholfen, wenn ich etwas nicht richtig geschafft habe. Aber oft kam er nachts zu mir und hat mir sehr weh getan."

Mes-Pada drehte seinen Kopf zu Ereshkil und schleckte ihre Hand.

„Ich bin froh, dich zum Freund zu haben.", sagte sie.

Mes-Pada hörte ihr gerne zu, und so begann er, mit dem Klang der menschlichen Sprache vertraut zu werden. Und aus dem Klang ihrer Stimme, wie sie sprach, verstand er ein wenig den Sinn dessen, was sie sagte.

Wie auch Mes-Pada lernte Ereshkil mit der Zeit die Ashnan-Sprache der Menschen. Noch leichter lernte sie das Ashnan der Einhörner, wenn sie mit Nabu oder mit Giza ins geheime Tal hinaufging und dort viel mit den Einhörnern und Pferden zusammen war. Elule wurde hier ihre Lehrmeisterin, und Nabu und Giza übersetzten.

Hier gab es auch zwei junge Stuten, die mit Ereshkil herumtobten, sie spielten mit ihr Davonlaufen und Verfolgen, Fangen, Verstecken und Gegenseitig-Erschrecken, fast genauso, wie seinerzeit Heda mit dem gemütskranken Enbu gespielt hatte. Ereshkil lachte dabei und war fröhlich, und jedes Mal nach solchen Spielen verlor Ereshkil ein bisschen von ihrer Verschlossenheit. Sie sagte zu Giza:

„Ich bin so gerne mit Tieren zusammen, mit diesen vielen Pferden und Einhörnern!"

„Lieber als mit Menschen?"

„Die beiden Stutfohlen spielen so gerne mit mir. Und Elule ist so geduldig und zeigt mir die Ashnan-Sprache, und wir haben Spaß dabei."

„Aber ich zeige dir doch auch mit Geduld die Ashnan-Sprache!"

Nach langem Schweigen sagte Ereshkil ganz leise: „Ja, du auch."

Als sie wieder unten am Hof waren, sagte Ereshkil zu Giza: „Es war schön, dass du mit mir oben im Einhorntal warst." Sie sah dabei nach unten ins Gras.

Sie begleitete Giza nun manchmal bei Krankenbesuchen. Wenn eine Patientin weiter fort wohnte, ritt Giza auf ihrem Pferd Tika und Ereshkil durfte auf Labasher reiten.

Einmal fragte Giza:

„Warum hast du denn deine Eltern verlassen?"

„Was sind Eltern?", fragte Ereshkil.

„Mutter und Vater, das sind Eltern. Viele Kinder sagen Mama und Papa zu ihnen."

„Da habe ich niemanden so angesprochen. Aber da waren drei andere Kinder, die haben den Herrn mit Pa und die Herrin mit Ma angesprochen. Um die drei haben sich der Herr und die Frau viel gekümmert, um mich nur wenig."

„Das war sicher sehr traurig für dich! Und wer hat sich um dich gekümmert?"

„Der Dasan, der hat aber viel arbeiten müssen. Ich habe die Schafe und die Pferde versorgt."

„Hast du den Dasan gern gehabt?"

„Nein, nicht richtig, aber er war der einzige, der sich um mich gekümmert hat, und mit dem ich geredet habe."

Giza sagte: „Ich muss jetzt mit dem Patienten sprechen, vielleicht kannst du mir ein andermal mehr mehr davon erzählen, wie es dir am Krähenhof erging?"

„Ist mir egal", sagte Ereshkil. An diesem Tag sprach sie mit niemandem mehr, sie legte sich zum Löwen und zupfte ihn am Fell und in der Mähne.

Am nächsten Tag fragte Ereshkil Giza: „Was ist traurig?"

„Traurig bist du, wenn du nicht glücklich bist und weinen musst oder das Gefühl hast, weinen zu müssen."

„Ich glaube, ich war gestern traurig, nachdem du mich nach meinem Leben am Krähenhof gefragt hast."

„Es war nicht schön am Krähenhof?"

„Schön war es, wenn ich mit den Pferden zusammen war. Manchmal habe ich sogar bei ihnen im Stroh geschlafen. Aber hier, auf eurem Hof, gefällt es mir viel besser. Der Löwe und Urlungal sind meine Freunde. Und du ..."

„Ja?"

„Du bist freundlich zu mir. Nabu und Ninsanga sind auch freundlich, aber vor denen habe ich etwas Angst."

„Die mögen dich beide sehr gerne", sagte Giza, „den Nabu kannst du ja einmal nach seiner Kindheit fragen; der ist bei Einhörnern aufgewachsen. Ihm sind Einhörner und Pferde genauso vertraut wie dir, und er liebt sie daher genauso wie du. Er spricht nicht viel darüber, aber wir merken es. Gelegentlich, wenn er doch etwas von seiner Kindheit erzählt, sagt er von sich aus Versehen ‚wir Einhörner', zum Beispiel: ‚wir Einhörner hatten immer große Angst vor Wölfen und Bären'."

„Kann Nabu deswegen nicht in Menschensprache sprechen, weil er bei Einhörnern aufgewachsen ist?"

„Ja, er kam erst zu den Menschen, als er schon fast erwachsen wurde, und da konnte sein Mund nicht mehr die Menschenlaute formen, und deswegen reden wir untereinander meist in Ashnan. Übrigens: er ist mein Ehemann, und wir werden bald ein Baby bekommen, schau, mein Bauch ist schon dick. Dann werden Nabu und ich Mama und Papa."

„Dann wird es für mich wieder wie am Krähenhof, ihr seid Mama und Papa mit einem Kind, und ich gehöre wieder nirgendwo hin!" Ihr war so als müsste sie weinen

„Ja, ein wenig kann es so werden. Aber ich glaube, es gibt

jemanden hier, der dich gerne für sich haben möchte. Erinnere dich: Als Ninsanga dich sauber machte sagte sie – in Ashnan, das du damals nicht verstehen konntest – : „Du bist nett, du gefällst mir". Ich meinte da, sie dachte, dass sie dich gerne als ihr Kind aufnehmen würde. Viel früher hatte sie ihr eigenes Kind, den Nabu, verstecken müssen, bei den Einhörnern, und hat es deswegen nicht für sich gehabt. Das ist sehr schlimm für sie gewesen."

Ereshkil lebte nun schon längere Zeit mit Ninsanga zusammen in deren Haus. Sie lebten friedlich zusammen, aber da Ereshkil weiterhin verschlossen und scheu war, sprachen sie nur über die Notwendigkeiten des Tages. An diesen Tag aber, als sie gerade das Essen vorbereiteten, sagte Ninsanga mit unsicherer Stimme:

„Es ist schön, dass du bei mir bist. Da nun Nabu eine eigene Familie haben wird, wird es für mich sehr still werden, – und darum..." Sie machte eine Pause und fragte dann, mit etwas zaghafter Stimme:

„Es gefällt dir doch auch bei mir ?"

Kaum hörbar sagte Ereshkil: „Ja", und nach einer Pause noch einmal, so leise wie vorher, „ja", und nickte dabei kaum erkennbar mit dem Kopf. Ein schwaches Zittern und Schütteln ging durch ihre Schultern. Ninsanga fasste sie an den Oberarm, und – da die Kleine es sich gefallen ließ – nahm sie sie in ihre Arme und drückte sie behutsam an sich.

„Ich möchte bei dir bleiben", sagte Ereshkil.

Sie hatte ja schon bald einen weiteren Freund, oben im Tal der Einhörner gefunden: Labasher, das fremde, neu hinzu gekommene Einhornpferd. Zu ihm fühlte sie sich hingezogen. Er war, wie sie, verschlossen nach außen. Immer wieder, einige Tage lang, setzte oder legte sie sich in seiner Nähe in das Gras. Sobald er es nach einiger Zeit bemerkte, entfernte er sich einige Schritte und graste dort weiter. An einem Tag setzte sie sich wieder in seine Nähe, er entfernte sich wieder einige

Schritte, graste dort etwas und schaute sich dann nach ihr um.

Ereshkil wiederholte diese Annäherung geduldig einige Tage lang. An diesem Tag kam Labasher mit zögernden Schritten zu ihr. Er war neugierig geworden, und, weil das Mädchen den von ihm gewählte Abstand eingehalten hatte, hatte er Vertrauen zu ihr gewonnen. Sie rührte sich zunächst nicht, auch als er schon ganz nahe bei ihr war. Er schnupperte an ihr und stieß sie mit seinem Maul an. Langsam und behutsam erhob sie sich und stellte sich sich neben ihn. Er schnaubte.

Als sie das nächste Mal auf die Einhornwiese kam und in seine Nähe ging, kam er auf sie zu. Sie gab ihm eine Hand voll Körner von Gerste, die sie mitgebracht hatte, zu fressen. Sie konnte ihn nun streicheln, am Hals, an den Schultern, aber als ihre Hand seinen Rücken erreichte, schlenderte er davon.

Für Ereshkil begann eine Zeit, in der sie viel versonnen alleine blieb und manchmal anfing zu weinen. Noch immer hatte sie etwas Angst vor Ninsanga, obwohl sie deren Zuneigung deutlich spürte. Sie traute sich nur langsam, von ihrem Dasein am Krähenhof zu erzählen, davon, dass sich keiner richtig um sie gekümmert hatte, dass da andererseits Kinder waren, die so lieb behandelt wurden, dass sie sich nur an den Knecht Dasan anschließen konnte und viel bei den Tieren war, ganz besonders bei den Pferden.

Sie war nun älter geworden und war gerne dabei, wenn Ninsanga Kranke behandelte. Sie erinnerte sich, wie sie seinerzeit dem Löwen Mes-Pada den Dorn aus seiner Pfote gezogen hatte und wünschte sich, selbst Tiere so behandeln zu können, wie Ninsanga, Giza und Nabu Menschen behandelten. Nabu erzählte ihr, wie er seinerzeit Tasadum bei seiner Pilzvergiftung gerettet hatte, und zeigte ihr den giftigen Pilz und die Heilkräuter, die er damals verwendet hatte. Ninsanga zeigte ihr, wie sie Verletzungen bei Tieren mit ihren Jekoseverbänden behandelt. Ereshkil erinnerte sich auch an vieles, was sie am Krähenhof beobachtet hatte, wenn kranke Tiere behandelt wurden.

„Du bist sehr geschickt dabei mit kranken Tieren umzugehen", sagte Ninsanga.

Ereshkil sagte: „Ich war ja im Krähenhof viel mit Tieren zusammen, ich habe auch oft zugeschaut, wenn junge Tiere geboren wurden, Schafe, Ziegen und Pferde. Vieles habe ich da gesehen, was die Menschen gut gemacht haben oder nicht, und dann habe ich mir erklären lassen, warum es komplizierte Geburten gibt."

„Bei unseren Tieren waren die Geburten nie schwierig, aber ich weiß von Tiergeburten in unserem Dorf und in der Umgebung, bei denen das Muttertier oder das Tierbaby oder sogar beide gestoben sind", sagte Ninsanga.

„Ich habe auch damals schon gemerkt, dass mein damaliger Herr und auch ein Heiler, der manchmal zu Hilfe gerufen wurde, nicht immer sehr geschickt bei der Geburt vorgingen, und ich dachte mir, dass ich lernen möchte, manches besser zu können. Ich möchte Tierheilerin werden."

Eine Frage ging ihr immer wieder durch den Kopf, wenn sie beobachtete, dass ein Hengst eine Stute besprang oder ein Bock ein weibliches Tier: „Das Bespringen sieht so gewalttätig aus, ist das nicht schmerzhaft für das weibliche Tier, oder auch für das männliche?"

Sie sprach Ninsanga darauf an. Ninsanga sagte: „Nein, das kann ich mir nicht vorstellen, dass es schmerzhaft für die Tiere ist. Die meisten Tiere haben das schon mehrfach erlebt und betreiben es jedes mal erneut freiwillig."

Nach einer Pause fuhr sie fort: „Bei uns Menschen ist dieses Erlebnis für beide Partner mit viel Liebe verbunden, es ist sogar das intensivste Liebeserlebnis, es ist meistens vergnüglich und bewegend, ein schönes Erlebnis, und – als Antwort auf deine Frage – ohne Schmerzen."

Mit gesenktem Kopf ging Ereshkil nach draußen.

Zwei Tage später saß sie mit Ninsanga zusammen und sagte voll Scham und mit stockender Stimme: „Ich glaube, der Dasan hat mit mir dasselbe gemacht, wie die Tiere, wenn die sich bespringen – und das hat mir immer sehr weh getan. Von Liebe habe ich dabei nichts gespürt und freiwillig habe ich es nie mitgemacht, sondern immer mit Angst und Abscheu."

Ninsanga sah Ereshkil lange an. Dann sagte sie: „So etwas Schlimmes hat er dir angetan ? Ich dachte, er sei der Mensch gewesen, dem du am meisten Vertrauen entgegengebracht hast. Ich dachte, er hätte dich lieb gehabt !"

Ereshkil begann zu schluchzen: „Er hat mir immer so weh getan! Immer wenn ich dachte, dass er mich lieb hat, hat er dann angefangen, mir so weh zu tun. Wenn ich mich dann wehren wollte, ist er meistens sehr grob mit mir geworden und hat mich gezwungen, ihn in mich rein zu lassen." Jetzt weinte sie heftig und begann zu zittern und sich zu schütteln.

Ninsanga sagte zu ihr: „Er hat deine Zuneigung und dein Vertrauen missbraucht. Das war ganz hinterhältig und niederträchtig von ihm, und ich verstehe, dass diese Erlebnisse für dich ganz fürchterlich waren."

Ninsanga zog Ereshkil auf ihren Schoß und streichelte sie so lange, bis das Mädchen sich langsam beruhigte.

Ereshkil schluchzte: „Das war wirklich fürchterlich, Mama."

Von diesem Tag an sprach sie Ninsanga immer mit „Mama" an.

Unruhe im Gebirgstal

Das friedliche Leben im Gebirgstal wurde eines abends drama-tisch gestört. Während sich Pferde und Einhörner sorglos zum Schlafen niedergelegt hatten, schlichen zwei Wölfe heran. Sie hatten den Geruch der Pferde in die Nase bekommen und waren zudem durch Geier am Himmel aufmerksam geworden, die über dem Kadaver eines toten Pferdes kreisten. Unbemerkt hatten sie den Weg durch das unwegsamen Gelände in das Tal gefunden. Sie schlichen sich an ein junges, am Rande der Herde ruhendes Pferd heran und überfielen es. Durch die Schreie des Kleinen wachten die Herdentiere auf, aber es half nichts mehr. Für eine Verteidigung des Kleinen war es zu spät, und eine Flucht der Herde aus dem Tal war nicht möglich. Als am nächsten Morgen Ereshkil ins Tal hinauf ging, um Labasher zu besuchen, bemerkte sie das Unheil.

Nabu machte sich Gedanken: „Der Löwe könnte die Wölfe verjagen." Er suchte Mes-Pada auf, zusammen mit Urlungal, der sich mit dem Löwen verständigen konnte. Er fragte: „Darfst du Pferde jagen, hat Inanna es dir erlaubt?"

Mes-Pada schaute die beiden an und sagte: „Ich würde auch Pferdefleisch fressen."

„Das glaube ich dir", sagte Nabu, „aber es geht darum, ob du es fertig bringen würdest, friedlich neben einer Pferdeherde zu liegen, ohne eins der Tiere zu erjagen?"

„Inanna hat mir verboten, Urlungal und befreundete Pferde zu jagen. Aber fremde Pferde? Und wenn ich lange nichts zu fressen hatte und hungrig bin?"

„Wir brauchen jemanden, der bereit und dazu fähig ist, eine Pferdeherde vor einigen Wölfen zu schützen und diese möglichst zu verjagen."

„Das klingt interessant", sagte Mes-Pada. „Wenn es euch nützt, könnte ich das übernehmen. Wenn ich mir hin und wieder eine Gazelle fangen kann, oder wenn ich anderweitig mit Fleisch versorgt werde, kann ich die Pferde in Frieden grasen, spielen oder schlafen lassen."

„Wenn es dir recht ist, werden wir – Urlungal und ich – dich zu der Herde führen. Eine Hammelkeule nehme ich dir gleich mit."

Oben im Gebirgstal angekommen, ließ Nabu den Löwen zunächst am Ausgang des Felsganges zur Wiese zurück und machte Urlungal und einige Einhörner und Pferde, die gerade beieinander standen, damit vertraut, dass sie von nun an von einem Löwen bewacht und vor den Wölfen beschützt werden sollten. Urlungal erklärte den Tieren: „Ich kenne den Löwen gut, er heißt Mes-Pada, er wurde mir von der Göttin Inanna mitgegeben, und er hat mich auf meinem Weg von unserer alten Herde hierher begleitet und beschützt. Ich habe ja schon den meisten von euch von dieser gemeinsamen Wanderung erzählt."

Da riefen einige der Pferde und Einhörner: „Der Löwe soll uns vor den Wölfen schützen, aber wer schützt uns vor dem Löwen? Der ist doch ein schlimmeres Raubtier als die beiden Wölfe, gegen die wir uns eher wehren könnten!"

Nabu erklärte nun: „Löwen sind bequeme Tiere. Wenn sie ge-nug zu fressen haben, gibt es für sie keinen Grund, ein Beutetier zu erlegen. Ich habe Mes-Pada zugesagt, dass wir ihn ständig mit Fressen versorgen werden, und das ist jetzt meine Zusage auch an euch: Wir werden ihm immer ausreichend

Futter bringen. Er ist ein überaus anständiger und friedlicher Bursche, mit dem wir unten an unserem Hof schon längere Zeit zusammenleben. Außerdem wird alle zwei Tage jemand von uns Menschen hierher zu euch kommen, um Mes-Pada reichlich Futter zu bringen und um hier danach zu schauen, wie ihr mit ihm auskommt."

Als Nabu und Urlungal anschließend Mes-Pada um die ganze Herde herumführten, beruhigten sich die Pferde und Einhörner. Für alle gut sichtbar legte Nabu, bevor er die Wiese verließ, eine sehr große Portion Fleisch für Mes-Pada bereit.

Die beiden Wölfe kamen nicht wieder.

Aber wieder starb eins der Tiere der Herde im Gebirgstal, und dann kreisten die Geier hoch am Himmel. Den Menschen auf Nabus Hof war es klar, dass kreisende Geier am Himmel verräterisch sind und manchen Jäger verlocken würde, sich das Gelände einmal anzuschauen. Sie überdachten diese neue Lage.

Die Anwesenheit von Prinz Enhegal und seinem Personal in seinem nahen kleinen Jagdschloss und Nabus anerkannte Autorität hatten bisher dafür gesorgt, dass der Pfad in das Einhorntal nicht weiter begangen wurde. Aber für Enhegal hatte es Veränderungen gegeben: Der letzte König von Lagasch war krank und schwach geworden, und die eigentliche Macht in der Region war nun das benachbarte Reich Ur. Enhegal hatte damit seinen Einfluss weitgehend verloren, und konnte nicht mehr über Personal verfügen. Wenn er nun zu Besuch bei Ninsanga war, konnte er in sein kleines Jagdschloss zur Begleitung nur einen Offizier mitbringen. Für die Zeit seiner Abwesenheit konnte er aber niemanden ständig zur Bewachung des Zuganges zum Tal bereitstellen.

Auch Nammaja war nur noch selten bei Nabus Hof. Er hielt sich viel in Lagash auf, wo er als Heiler tätig geworden war und sich als solcher Ansehen erworben hatte. Er genoss sein Ansehen und lebte großzügig in fröhlicher, geselliger Umgebung, die allerdings als etwas leichtfertig galt.

Im Dorf Nagor hatten einige Neugierige herausgefunden, dass gelegentlich jemand von Nabus Hof in das Gebirgstal hinaufging oder daraus zurückkehrte. Vereinzelt hatten so auch Jünglinge des Dorfes den geheimen Weg in das Tal gefunden, sodass im Dorf bald jeder von dem Versteck der Einhörner wusste. Einer dieser Jünglinge war Enbu. Er war es, der seinerzeit als Kind im Spiel von der jungen Einhornstute Heda von seiner Gemütskrankheit geheilt worden war. Er erinnerte sich nur schwach an seine damaligen Erlebnisse, aber in Träumen und inneren Bildern war sein damaliges Spiel mit dem jungen Einhorn noch wach. Bei den Geschichten, die Ninsanga aus Nabus Aufzeichnungen vorlas, wurden diese Bilder wieder lebendig in ihm, und eine versteckte Sehnsucht zog ihn immer wieder in das ‚geheime', nun aber nicht mehr ganz geheime Tal zu den anmutigen Tieren.

Allzu häufig nahm er Freunde mit in das Einhorntal, später auch fernere Bekannte, mit denen er im Talgelände, zwischen den grasenden Pferden und Einhörnern umher wanderte. Die Tiere gewöhnten sich zwar an diese Besuche, fühlten sich aber doch durch sie beunruhigt.

Tasadums Rede

Tasadum war mit den Jahren noch empfindsamer geworden. Ihm gingen die Worte des Gottes Enki nicht aus dem Sinn, die dieser zu Urlungal gesagt hatte: „Ihr Einhörner tragt eure Hörner als Auszeichnung für euer Bewusstsein des Schönen, des Guten und des Rechten." Ihm ging auch andererseits nicht aus dem Sinn, was Urlungal bei bösen und niederträchtigen Menschen erlebt hatte und was er über die schrecklichen Kriege der Menschen erfahren hatte.

Tasadum stieg auf einen Hügel, und es versammelten sich zahlreiche Einhörner und Pferde um ihn. Er begann zu sprechen:

„Es gibt so viel Böses in der Welt, wir erinnern uns, was wir Einhörner mit den Wilderern erlebt haben. Ihr wisst, wie es Urlungal am Krähenhof erging, auch was Labasher bei den Soldaten erlebt hat. Ihr kennt auch das schlimme Schicksal des Mädchens Ereshkil. Wir haben ja schon oft über diese furchtbaren Erlebnisse gesprochen. Es scheint so, als ob viele Menschen verdorben sind, verdorben für ein natürliches Leben, verdorben durch Selbstsucht und durch ihr Streben, aus allem rücksichtslos ihren Nutzen ziehen zu wollen."

Elule unterbrach: „Da wir von all diesem Furchtbaren, Bösen in der Welt wissen, erleben wir besonders deutlich die Freude darüber, in welch wunderbarem Frieden wir hier leben. Sogar die Göttin Inanna erscheint gelegentlich für uns in unserem Tal. Wenn ich das Schöne und Gute hier in unserer Welt betrachte, ist mir so, als ob sie es ist, die über uns wacht."

Tasadum fuhr in seiner Rede fort: „Die Götter lieben uns und freuen sich über uns. Sie haben damals ihre Genien zu Urlungal und zu mir geschickt, als ich mit meiner Pilzvergiftung sterbenskrank am Boden lag. Die Genien hielten auch Wache, wenn Nabu und En-Gal, von der Herde verlassen, in ihrer Höhle zurück bleiben mussten."

Tasadum sprach weiter: „Die Götter Inanna und Enki zeigen uns, dass es neben dem Bösen auch das Gute gibt. Wir haben hier ein großes, wunderschönes Wiesengelände, in dem wir reichlich Gras finden, und wir haben den Bach, der bisher immer, auch bei sehr langer Trockenheit, ausreichend Wasser geführt hat. Es ist Enki, der für Urlungal seinerzeit nach seinem Entkommen aus dem Krähenhof den Bach füllte, auch hier füllt er den Bach in unserem Tal. Wir sind hier gut versorgt und sind bisher sicher in diesem Tal. Für uns haben die Götter die Welt hier so vollkommen gemacht, wie wir es uns nur wünschen konnten."

„Ja, Inanna und Enki schenken uns hier ein sicheres Dasein", rief Urlungal, „aber auch die Menschen von Nabus Hof, Nabu selbst und auch Ninsanga, Giza und früher auch Nammaja, sorgen für uns. Sie sind gut, weil sie nicht nur an sich denken, sondern auch an uns, und hier nach uns schauen."

„Auch der Löwe Mes-Pada, der die Wölfe vertrieben hat, beschützt uns !", rief ein Weiterer, „auch er ist gut, gutmütig und selbstlos."

„Die Tierliebe dieser Menschen ist für uns gut", bemerkte Elule. „Sie schützen uns selbstlos. Das eigentlich Gute dieser Leute zeigt sich darüber hinaus darin, dass sie es als Aufgabe tun, die ihnen von der Göttin Inanna aufgetragen wurde. Sie tun damit das Rechte ! Das Gute und Rechte von Nabu und seiner Familie erkenne ich zusätzlich daran, dass sie für andere Wesen sorgen, indem sie für Bewohner und Tiere der nahen Orte als Heiler tätig sind."

„Sind wir Einhörner selbst eigentlich gute Wesen?" fragte eine jüngere Einhornstute.

Tasadum besann sich: „Gut sind wir untereinander, weil wir friedlich sind. Gut sind wir, weil wir keine anderen Tiere töten müssen, um uns zu ernähren. Gut sind wir nach meiner Überzeugung aber besonders mit unseren Gedanken an die Götter! Wir erkennen das Schöne und das Gute in dieser Welt, die sie geschaffen haben, dafür haben sie die Einhörner unter uns mit den Hörnern auf unseren Köpfen ausgezeichnet. Mit diesen Hörnern sollten wir für die Welt und auch die Menschen Sinnbilder sein für die drei göttlichen Ideale: schön, gut und recht. So hat es Gott Enki dem Urlungal ja gesagt. Wir erfüllen diesen Auftrag mit unseren Tänzen und Spielen, mit der Erfindung unserer Sprache Ashnan, in der wir unser Wissen über unsere Vorfahren und über die Götter wach halten und weitergeben. Ich meine, so, mit der Erfüllung dieses Auftrages können wir uns als gut ansehen.

Arpu-Rim und sein Sohn Simudar haben die Schönheit der Welt erkannt, wir sind dabei, das Gute in der Welt zu erkennen. Und das Rechte, das finden wir auch gerade heraus. Für uns Einhörner besteht das Rechte darin, dass wir ursprünglich, natürlich sind, unverdorben und unverfälscht."

Ein sehr altes Einhorn ergriff das Wort, es war der alt gewordene Simudar: „Als Labasher zu uns kam, war er nicht ursprünglich. Ihr erinnert euch. Er war unnatürlich, war seelisch gestört, fast zerstört worden durch die Soldaten, die ihn in den Kriegsdienst zwangen, und durch seine furchtbaren Erlebnisse im Krieg. Erst nach längerer Zeit bei uns wurde er zu einem normalen Einhornpferd. Jetzt hat er aus seiner Zerstörtheit herausgefunden, und ist nun er selbst geworden und damit ist er wieder recht geworden."

Tasadum fuhr in seiner Rede fort: „Das eigentlich wahre Rechte erkennen wir darin, dass wir wissen: ‚Es sind die Götter, die die Welt in ihrer Schönheit und in dem vielfältig

Guten in der Natur geschaffen haben. Etwas ist dann recht, wenn die Götter es so gewollt haben.' Das Rechte ist der Urgrund des Schönen und des Guten, das Schöne und das Gute sind die Zeichen des Rechten."

Urlungal liebte seinen Freund Tasadum wegen dieser letzten schönen Worte, meinte aber anmerken zu sollen: „Die Götter finden allerdings, dass ihnen bei der Erschaffung der Welt eines nicht gut geraten ist, denn mit dieser einen Kreatur, den Menschen, sind die Götter nicht zufrieden. Enki hat es mir anvertraut. Das Leben und Streben sehr vieler Menschen folgt eben nicht diesen drei großen Idealen."

„Wir haben es erkannt und erfahren: Das Schlechte, das Böse, ist erst durch die Menschen in die Welt gekommen!"

Mit diesen Worten beendete der alte, würdige Simudar diese Versammlung.

Nammaja

Einige Tage später sagte Urlungal zu Tasadum: „Es beunruhigt mich, dass sich in der letzten Zeit manchmal so viele fremde Menschen hier aufhalten. Ich fürchte, dass eines Tages auch Wilderer hierherfinden, die euch Einhörner wegen eurer Hörner umbringen werden. Wir sollten meine Befürchtung mit Nabu besprechen. Er erfährt viel von den Leuten. Er kann auch beurteilen, was das für Menschen sind, die zunehmend bei uns auftauchen und sich hier umsehen. Hier leben die letzten Einhörner zusammen, die es noch gibt, es geht also nicht nur um unser Leben, sondern auch um den Bestand unserer Tierart."

Tatsächlich waren es nicht nur gute Menschen, die Enbu gelegentlich als seine Bekannten mit in das geheime Tal nahm. Einer, er hieß Orkin, erzählte ihm von Wilderern, die durch die Hörner der Einhörner zu Wohlstand gekommen waren.

„Stell dir vor", sagte er, „ich weiß von Einem, der hat Wilderern einige Hörner abgekauft und dann weiter verkauft und hat dabei guten Gewinn gemacht. Er heißt Ankalo, der lebt nun in Lagash bei viel Vergnügungen und Lastern. Man sagt, er sei dabei, leichtfertig seinen erworbenen Besitz zu verprassen, und bald würde nichts mehr davon übrigbleiben."

„Der könnte auf die Idee kommen, von neuem restliche Einhörner zu suchen", sagte Enbu.

„Hast du selbst noch nie daran gedacht, dir gelegentlich ein Horn zu erbeuten? Du kannst doch ohne Aufmerksamkeit zu erregen zu den Einhörnern in das Gebirgstal hinaufsteigen.

Wenn du ein Horn verkaufst, könntest du für das erhaltene Gold ein paar Schafe kaufen oder ein Stück Land. Ich könnte dir helfen, zwei oder drei Hörner zu erbeuten."

Enbu erschrak bei dieser Idee seines Freundes. „So etwas könnte ich niemals tun", sagte er, „ich mag die Einhörner sehr, ich liebe es, bei ihnen zu sein. Außerdem, ich habe es dir ja erzählt: Als Kind habe ich viel mit einem jungen Einhorn gespielt und getobt, und meine Mutter sagte, ich sei vorher im Gemüt krank gewesen, und erst durch das Einhorn sei ich ein normaler Junge geworden. Nie könnte ich daher ein Einhorn umbringen!"

Der Freund neckte Enbu: „Wir wissen alle, dass du dich in das Mädchen Ereshkil verliebt hast. Wenn du zu den Einhörnern hochsteigst, dann tust du es nur, um Ereshkil zu begegnen, das wissen wir alle! Wenn du um sie werben willst, dann musst du etwas besitzen. Ein schöneres Haus als das deiner Mutter, vielleicht auch ein Rind für die Arbeit auf dem Feld. Einer Frau gefällt so etwas! Mit ein oder zwei Hörnern könntest du das bekommen!"

„Niemals könnte ich das, ich sagte das doch eben."

„Ich meine ja nur", sagte der Freund, „ich könnte es, glaube ich, auch nicht. Aber wenn jemand jetzt noch ein Horn erbeuten will, darf er nicht mehr lange warten. Der Bekannte, von dem ich sprach, der Ankalo, ist mittlerweile verschuldet, und er machte Andeutungen, dass er mit Einhornmaterial seine Schulden los werden könnte. Übrigens ist er mit Nammaja befreundet, der auch Schulden haben soll, trotz seiner Arbeit als Heiler. Die beiden leben eben leichtfertig auf »großem Fuß«."

Enbu war es nicht wohl, er erzählte Nabu von dem Gespräch. „Ich habe den Verdacht, dass er mich überreden wollte, mit ihm zusammen Einhörner umzubringen, um an ihre Hörner zu gelangen, weil er mit mir zusammen eher zu den Einhörnern hinaufsteigen könnte ohne aufzufallen."

Nabu nickte mit dem Kopf und begab sich mit Enbu zu Nin-sanga. Enbu ging gerne mit in Ninsangas Haus in der Hoffnung, Ereshkil dort zu begegnen. „Ninsanga", sagte Nabu, „lass dir von Enbu erzählen was er gerade mir erzählt hat. Es klingt sehr bedenklich. Sag Enbu bitte, wie wichtig sein Bericht ist, frag ihn, welcher seiner Bekannten es war, der ihn auf die Einhörner angesprochen hat."

„Es war Orkin", sagte Enbu.

„Ninsanga, bitte ihn, auf Orkin zu achten und uns über eventuelle Bemühungen jeder Person, in das geheime Gebirgstal zu gelangen, zu berichten. Sag ihm bitte, wir würden ihn großzügig in Lohn nehmen, wenn er sich zukünftig mit uns um die Sicherheit der Einhörner kümmert."

Enbu freute sich sehr über das Angebot. Er und Ereshkil waren von nun an häufig zusammen im Einhorntal, sie schauten begeistert den Einhörnern zu, wie sie friedlich grasten, wie einige miteinander spielten und in kleinen und großen Gruppen tanzten, in den alten eingeübten Tanzfiguren, oder in neuen, die ihnen gerade einfielen. Am bewegendsten aber war es immer, den Fohlen bei ihren übermütigen aber noch etwas ungelenken Tobespielen zuzusehen. Sie waren beide glücklich. In Angst, dieses Glück einmal verlieren zu können, achtete Enbu, wenn er sich in Nagor aufhielt, besonders aufmerksam auf jeden Hinweis auf eine mögliche Bedrohung der Einhörner durch Wilderer.

In Lagash saßen an einem Abend wieder Nammaja und Ankalo beisammen. Sie hatten eben bei einem trickreichen Glücksspiel viel Gold verloren. Ihre ausgelassene Stimmung der vergangenen Wochen war einem tristen Missmut gewichen. Nammaja sprach von einer früheren großen Enttäuschung, die er in Nagor erlebt hatte.

„Ich war mit Nabu befreundet, wir waren zusammen am Königshof in Lagash. Nabu war als berühmter Heiler dorthingerufen worden – ich war ein fast gleich guter Heiler –, ich musste mich aber damit begnügen, für ihn nur Übersetzer zu sein. Auch später, nach unserer Rückkehr nach Nagor war er immer der Angesehenere von uns beiden. Mich haben die Leute neben ihm nicht wahrgenommen, nicht ernst genommen, obwohl ich als Heiler genauso erfolgreich war wie er. Nabu hat mich auch immer wie einen Gehilfen behandelt, er hat mich gedemütigt. Eines Tages bin ich dann davongegangen, hierher, nach Lagash, du weißt ja, dass ich hier als Heiler erfolgreich bin und gut angesehen bin."

Er vergewisserte sich, dass niemand mithörte, und raunte: „Ich kenne ein Geheimnis von ihm. Er hat einen geheimen Ort, an den er zahlreiche Einhörner in Sicherheit gebracht hat, bevor damals die Wilderer alle erreichbaren Einhörner erlegten. Wir beide könnten unsere Schulden schnell los werden."

„Warum hast du das nicht schon früher gesagt ?", fragte Ankalo.

„Nabu und ich waren lange gut befreundet, außerdem ist meine Schwester seine Frau; da würde mir ein Verrat schwerfallen."

„Aber er hat dich gedemütigt, da wäre es doch gerecht, wenn du in sein geheimes Revier einbrichst und dir deinen Vorteil holst."

„Ja schon", sagte Nammaja missmutig.
Für heute trennte er sich mit ungutem Gefühl von seinem Glücksspielgenossen.

In den folgenden Tagen wurde ihm klar, wie schwierig es sein würde, seine hohen Schulden zu bezahlen. Es gelang ihm nicht, mit gesteigerter Heilertätigkeit sein Einkommen zu verbessern. Und sparen, seinen bequemen leichtlebigen Wandel aufgeben, konnte und wollte er nicht.

Er sprach mit Ankalo: „Nabus geheimes Revier der Einhörner ist gut bewacht, da kann ich nicht unbemerkt eins der Tiere töten und das erbeutete Horn davontragen."

„Ich merke, du hast dir Gedanken gemacht !", sagte Ankalo, „worin besteht denn diese Bewachung ?"

„Die Einhörner leben in einem hohen, abgelegenen Gebirgstal, zu dem nur ein ganz schmaler, steiler Pfad führt. Am Anfang des Pfades hält sich meistens ein Wachtposten auf, ein Mitglied oder Freund der Familie von Nabu, manchmal ein Offizier des früheren Königs. Und oben im Tal hält neuerdings auch ein halbzahmer Löwe Wache."

„Aber dich kennen doch diese Leute, und der Löwe doch wohl auch ?"

„Ohne Misstrauen zu erregen kann ich jetzt nicht ins Einhorntal gelangen, ich habe mich recht lange nicht mehr dort sehen gelassen. Auch der Löwe kennt mich noch nicht. Ich alleine kann also dort nichts ausrichten. Gegen den Löwen hilft wohl nur Gift oder mehrere bewaffnete Personen. Das bedeutet: Die Angelegenheit müsste länger vorbereitet werden und wir sollten drei Männer oder mehr sein, um mit der übrigen Bewachung fertig zu werden, und um uns zur Not zur Wehr setzen zu können. Denn eine Flucht aus dem Tal ist nur über den schmalen Pfad möglich. Wenn uns der versperrt würde, während wir Einhörner erlegen, müssten wir uns diesen Weg freikämpfen können."

Nammaja und Ankalo planten einige Tage lang, sie weihten auch Orkin in ihre Pläne ein und überredeten ihn, an der Einhornjagd teilzunehmen. Zu dritt fanden sie einesnachts den Pfad und gelangten durch den Felsgang in das Gebirgstal. Sie hatten eine vergiftete Hammelkeule dabei und als Waffen Lanzen sowie Pfeile und Bogen. Aber schon am Ausgang aus dem Felsengang in das Tal stürzte der Löwe auf sie zu und zwang sie zur Umkehr.

Wenn sie auch nichts erbeutet hatten, brüsteten sie sich in Lagash mit diesem Erlebnis, und bald war es in Kreisen von Abenteurern bekannt, in welcher Gegend es noch Einhörner gab, und dass Nammaja sich dort auskannte und bereit war, bei den Einhörnern Beute zu machen. Eine Menge gieriger Männer, fast so viele wie zwei Hände Finger haben, fand sich zusammen, das Gebirgstal zu erstürmen und so viele Einhornhörner zu erobern wie möglich.

Von Nammaja angeführt drängten sich die Angreifer in den Pfad aufwärts. Enbu, der Wache hielt, wurde zur Seite gestoßen; Ihm blieb nur, Nabu Bescheid zu geben. Ein kleiner Trupp von Nabus Männern folgte eilig den Wilderern in der Hoffnung, Allerschlimmstes verhindern zu können: Nabu, Enbu, der einzige wachhabende Offizier von Enhegal und zwei gerade in der Nähe befindliche Helfer.

Als sie aus dem Felsengang in das Gebirgstal hinaustraten, sahen sie, wie einige der Wilderer den Löwen mit Spießen in Schach hielten, sie sahen, wie die Einhörner davonstürmten. Die Einhörner liefen auf eine Anhöhe, die Nabu früher nie wahrgenommen hatte. Diese Anhöhe verlängerte sich nach hinten oben und schien zu schweben. Sie erstreckte sich zunehmend weiter in die Länge und führte weiter in die Höhe, zunehmend immer länger und weiter und höher, die Anhöhe hatte den oberen Felsrand erreicht, die Einhörner galoppierten weiter aufwärts, hinauf.

Die Männer um Nabu sahen nun weit oben am Ende der Anhöhe hoch über dem oberen Felsrand des Tales eine große, weite Wiese schweben, auf ihr eine Hügelkuppe, auf der fünf Pinien standen. Davor sahen sie die Göttin Inanna stehen, mittlerweile umgeben von Einhörnern. Sie winkte Nabu zu.

Hinter den letzte Einhörnern bröckelte die schwebende Anhöhe nach unten in den Talgrund und hinterließ einen tiefen Erdspalt. Als letzter sprang noch der Löwe Mes-Pada mit einem weiten Satz über den entstandenen Schlund hinüber zu den letzten davonstürmenden Einhörnern und Pferden. Die hinterherstürmenden Wilderer konnten die schwebende Wiese nicht mehr erreichen.

Voll Staunen und überwältigt von diesem Geschehen und von diesem Anblick verharrten Nabu, Enbu, der Offizier und die beiden Helfer lange. Sie schauten der schwebenden Wiese nach, die sich ganz langsam in die Höhe entfernte. Dann wandten sie sich dem Ausgang aus dem Gebirgstal zu und verschwanden durch den Felsengang. Schweigend stapften sie den schmalen Pfad hinab. Da hörten sie eine gewaltiges Krachen und Donnern. Sie schauten zurück und sahen: Das felsige Tor, der einzige Zugang zum Gebirgstal und Ausgang aus dem Tal, stürzte hinter ihnen zusammen.

Von den Wilderern, auch von Nammaja, hat man nie mehr etwas gehört.

    Von den Einhörnern erzählt man sich bis
    heute. Aber dass sie das Schöne, das Gute
    und das Rechte bedeuten, das wissen nur
          wenige Menschen.

Namen der Einhörner

Atab, erstes Einhorn, Sohn von **Buanun** und **Ashnan**. Seine direkten Nachkommen, Einhörner und Begründer von 5 Herden :
- **En-Ana** (w)
- **Ur-Nanse** (m)
- **Tizgar** (m)
- **En-Sapa** (w)
- **Alula** (w)

Herde En-Ana
- **Arpu-Rim** (Leithengst, Einhorn)
- **Pu-Abi** (w, ungehörnt), früher in der Herde Tizgar
- **Heda** (w), später in der Herde Tizgar
- **Ibiera** (w)
- **Kubaba** (w)
- **Simudar** (m)
- **Kinu** (w), Simudars Freundin
- **Kinatim** (m)
- **Bahipa** (w)

Herde Ur-Nanse
- **En-men-Lu** (Leithengst, ungehörnt)
- **Aruru** (w)
- **Sumsani** (w)
- **En-Gal** (w)
- **Tasadum** (m)
- **Urlungal** (m)
- **Elule** (w, ungehörnt)
- **Uras** (w)
- **Nabu** (ein Menschenjunge)

Herde Tizgar
- **Il-Kum** (Leithengst, Einhorn)
- **Pu-Abi** (w, ungehörnt), später in der Herde Ur-Nanse
- **Galbum** (m)
- **Dadasig** (m)
- **Heda** (Einhörnin), früher in der Herde En-Ana
- **Bahipa** (Einhörnin), früher in der Herde En-Ana

Herde En-Sapa, einzelne Tiere nicht genannt
Herde Alula, einzelne Tiere nicht genannt

Labasher einzelnes Einhornpferd

Namen und Begriffe,
im Internet nachzuschlagen

Enanepada — Schwester der Königsgemahlin **Ninalla**, später Hohe Priesterin

Enki — sumerischer Gott für Wasser, Quellen, Gott der Weisheit, beteiligt an der Schöpfung der Menschen

Enlil — sumerischer Gott, brachte den Menschen die Sprache bei

Genien — Schutzgeister des Menschen (eigentlich in der römischen Mythologie), in diesem Buch gezeichnet nach Darstellungen von Nunnaki, sumerischen Göttern der Unterwelt

Girsu — Residenz- und Tempelstadt von **Lagash**

Große Flut, „Etana" — nach der Bibel „Sintflut", siehe König (erster sumerischer König nach der „Großen Flut"), vor 2 400 v.Chr. (bzw. nach anderen Angaben 2 800 v.Chr.)

Gudea — Regent im Rang eines Königs, siehe **sumerisch Königsliste für Lagash** ca. 2144 v. Chr. bis ca. 2124 v.Chr.

Urningirsu	sumerischer König, siehe **sumerische Königsliste für Lagash** ca. 2124 v. Chr. bis ca. 2118 v. Chr.
Inanna	sumerische Göttin für Liebe, Fruchtbarkeit und einiges mehr
Ninurta	Kriegsgott, in manchen Zusammenhängen gleichgesetzt mit Ningirsu, Stadtgott von Girsu, Hauptgott des Staates Lagash
Lagash	Königsstadt zwischen Euphrat und Tigris
Nergal	sumerischer Gott, verkörpert die vernichtende Sonnenhitze, Bruder oder Halbbruder von **Ninurta**
Ninalla	Gemahlin des Regenten (Königs) **Gudea**
Zagrosgebirge	Langer Gebirgszug an der Grenze zwischen Mesopotamien (jetzt Irak und andere Länder) und Persien (jetzt Iran)